Un dulce olor
a muerte

Un dulce olor a muerte

a muerte

Novela

GUILLERMO ARRIAGA

ATRIA BOOKS

New York London Toronto Sydney

ATRIA BOOKS
1230 Avenue of the Americas
New York, NY 10020

Copyright © 1994 por Guillermo Arriaga

Publicado originalmente en México en 1994
por Grupo Editorial Planeta

ISBN-13: 978-0-7432-9680-9
ISBN-10:   0-7432-9680-X

Primera edición en rústica de Atria Books, abril 2007

1 3 5 7 9 10 8 6 4 2

ATRIA BOOKS es un sello original registrado
de Simon & Schuster, Inc.

Impreso en los Estados Unidos de América

Definitivamente a Maru

CAPÍTULO I

Adela

I

Ramón Castaños sacudía el polvo del mostrador cuando oyó a lo lejos un chillido penetrante. Aguzó el oído y no escuchó más que el rumor de la mañana. Pensó que había sido el gorjeo de una de las tantas chachalacas que andaban por el monte. Prosiguió con su tarea. Tomó un anaquel y se dispuso a limpiarlo. De nuevo brotó el grito, ahora cercano y claro. Y a este grito sobrevino otro y otro. Ramón dejó el anaquel a un lado y de un brinco saltó la barra. Salió a la puerta para averiguar qué sucedía. Era domingo temprano y no encontró a nadie, sin embargo los gritos se hicieron cada vez más frenéticos y continuos. Caminó hacia la mitad de la calle y a la distancia vio venir a tres niños que corrían vociferando:

—Una muerta . . . una muerta . . .

Ramón avanzó hacia ellos. Atajó a uno mientras los otros dos se perdían por entre el caserío.

—¿Qué pasó? —le preguntó.

—La mataron . . . , la mataron . . . —bramó el niño.

—¿A quién? ¿Dónde?

Sin mediar palabra, el chiquillo arrancó hacia la

misma dirección por la cual había llegado. Ramón lo siguió. Corrieron a lo largo de la vereda que conducía al río hasta que toparon con un sorgal.

—¡Ahí! —exclamó sobresaltado el niño, y con su índice señaló una de las orillas de la parcela.

Entre los surcos yacía el cadáver. Ramón se aproximó lentamente, con el corazón tironeándolo a cada paso. La mujer estaba desnuda, tirada de cara al cielo sobre un charco de sangre. Apenas la miró y ya no pudo quitarle los ojos de encima. A sus dieciséis años había soñado varias veces contemplar una mujer desnuda, pero jamás imaginó encontrársela así. Con más asombro que lujuria recorrió con la mirada la piel suave e inmóvil: era un cuerpo joven. Con los brazos estirados hacia atrás y una de sus piernas ligeramente doblada, la mujer parecía pedir un abrazo final. La imagen lo sobrecogió. Tragó saliva y respiró hondo. Percibió el dulce aroma de un barato perfume floral. Tuvo ganas de darle la mano a la mujer, de levantarla y decirle que terminara con la mentira de que estaba muerta. Ella siguió desnuda y quieta. Ramón se quitó la camisa —su camisa de domingo— y la cubrió lo mejor que pudo. Al acercarse pudo reconocerla: era Adela y la habían apuñalado por la espalda.

2

Guiados por los otros niños llegó un tropel de curiosos. Aparecieron por la vereda armando escándalo hasta casi tropezarse con el cadáver. El espectáculo de la muerte los hizo callar en seco. En silencio circundaron el lugar. Algunos escudriñaron furtivamente a la muerta. Ramón se percató de que el cuerpo aún mostraba su desnudez. Con las manos cortó cañas de sorgo y tapó las partes descubiertas. Los demás lo observaron extrañados, como intrusos irrumpiendo en un rito privado.

Un hombre gordo y canoso se abrió paso. Era Justino Téllez, delegado ejidal de Loma Grande. Se detuvo un instante sin atreverse a traspasar el círculo que rodeaba a Ramón y a la muerta. Le hubiera gustado quedarse al margen, como uno más de la muchedumbre. Sin embargo, él era la autoridad y como tal tuvo que intervenir. Escupió en el suelo, se adelantó tres zancadas y cruzó unas palabras con Ramón que nadie escuchó. Se arrodilló junto al cuerpo y levantó la camisa para mirarle el rostro.

El delegado examinó el cadáver durante largo rato. Al terminar lo cubrió de nuevo y se incorporó con dificultad. Chasqueó la lengua, sacó un paliacate del bolsillo de su pantalón y se limpió el sudor que resbalaba por su cara.

—Traigan una carreta —ordenó—, hay que llevarla al pueblo.

Nadie se movió. Al no ver cumplida su orden Justino Téllez escrutó los diversos rostros que lo observaban y se detuvo en el de Pascual Ortega, un muchacho flaco, desgarbado y patizambo.

—Ándale Pascual, vete por la carreta de tu abuelo.

Como si lo hubieran despertado súbitamente, Pascual miró primero el cadáver y luego al delegado, giró su cabeza y salió corriendo rumbo a Loma Grande.

Justino y Ramón quedaron frente a frente sin decirse nada. Entre susurros algunos curiosos preguntaron:

—¿Quién es la muerta?

Nadie sabía en realidad quién era, no obstante una voz anónima sentenció:

—La novia de Ramón Castaños.

Un zumbido de murmullos se alzó unos segundos; al cesar se impuso un denso silencio sólo roto por el esporádico chirriar de las chicharras. El sol empezó a hornear el aire. Un vaho caliente y húmedo se desprendió de la tierra. No sopló ni una brisa, nada que refrescara a aquella carne inerte.

—Tiene poco de haber sido acuchillada —aseguró Justino en voz baja— todavía no se pone tiesa ni se la han comido las hormigas.

Ramón lo miró desconcertado. Téllez prosiguió en voz aún más baja:

—No hace ni dos horas que la mataron.

3

Llegó Pascual con la carreta y la estacionó lo más cerca posible de la víctima. La gente se apartó y se mantuvo expectante largo rato hasta que Ramón metió decidido los brazos por debajo del cadáver y de un impulso la cargó en vilo. Sin quererlo, una de sus manos tentó la herida pegajosa y, azorado, la retiró con brusquedad. La camisa y las cañas resbalaron y la mujer volvió a quedar desnuda. De nuevo, miradas morbosas fisgonearon la piel expuesta. Ramón trató de resguardar el endeble pudor de Adela: dio medio giro y de espaldas sorteó los surcos. Los demás retrocedieron para darle paso sin que nadie tratara de ayudarlo. Trastabillante se aproximó hasta la carreta y con suavidad depositó el cuerpo exangüe sobre la batea. Pascual le extendió una manta para cubrirla.

Justino se acercó, supervisó que todo estuviera bien y decretó:

—Llévatela Pascual.

El muchacho montó en el pescante y arreó las mulas. Avanzó la carreta dando tumbos, balanceándose el cadáver encima de las tablas. La multitud los siguió. Entre los que iban en la columna fúnebre se confirmó el rumor: mataron a la novia de Ramón Castaños.

Justino y Ramón se quedaron inmóviles mirando partir el cortejo. Estremecido aún por el roce con la carne tibia, Ramón sintió que sus venas se encendían. Añoró el peso que recién había cargado: sentía haberse desprendido de algo que le pertenecía de siempre. Miró sus brazos: habían quedado veteados por tenues manchas de sangre. Cerró los ojos. De súbito brotó en él un vertiginoso deseo por correr tras Adela y abrazarla. La idea lo turbó. Creyó desvanecerse.

La voz de Justino lo despabiló:

—Ramón —lo llamó.

Abrió los ojos. El cielo era azul, sin nubes. Las matas de sorgo, rojizas, a punto de cosecharse. Y la muerte era el recuerdo de una mujer en sus brazos.

Justino se inclinó y recogió la camisa, que había quedado botada en el suelo. Se la entregó a Ramón, quien la tomó maquinalmente. También la camisa se había pintado de rojo. Ramón no se la puso: se la anudó al cinto.

El delegado caminó hacia él, se detuvo y se rascó la cabeza.

—Te confieso algo —dijo—, no tengo ni fregada idea de quién era la muerta.

Ramón suspiró levemente. Se podía decir que él tampoco lo sabía. Apenas la había visto unas cinco o seis veces, las mismas en que se había aparecido por su tienda a comprar mandado. Como le había gustado mucho —era alta y de ojos claros— preguntó por su nombre. Juan Carrera se lo dijo: Adela. Sólo eso sabía de ella, pero ahora que la había tenido junto a sí, tan desnuda y tan cerca, se le hizo conocerla de toda la vida.

—Adela —masculló Ramón—, se llamaba Adela.

El delegado frunció el ceño: el nombre no le decía nada.

—Adela —repitió Ramón como si el Adela se pronunciara solo.

—Adela ¿qué? —inquirió Justino.

Ramón se encogió de hombros. El delegado bajó la vista y exploró en torno al sitio donde anteriormente se hallaba el cuerpo y que ahora ocupaba una gran mancha de sangre. Entre los terrones endurecidos y agrietados se percibían tenuemente algunas pisadas. Justino las rastreó: se adentraban hacia el sembrado y se perdían rumbo al río. Se agachó y las midió con cuartas de su mano. Una de las huellas midió una cuarta: la de Adela. Otra una cuarta y tres dedos: la del asesino. Las pisadas de ella correspondían a pies descalzos, las de él a bota vaquera con tacón alto.

Justino tomó aire y resolvió:

—El que la mató no era ni largo ni chaparro, ni gordo ni flaco, ¿verdad?

Ramón asintió casi involuntariamente: no lo había escuchado. Justino removió un poco de tierra con el zapato y continuó:

—La mataron con un cuchillo grande y filoso porque le partieron el corazón con una sola puñalada.

Ojeo el lugar en busca del arma. No la encontró y prosiguió:

—Cayó boca abajo, pero el asesino la volteó para verle la cara y así la dejó . . . como a media palabra.

Una bandada de palomas de ala blanca pasó volando por arriba de ellos. Justino las siguió con la mirada hasta que se perdieron en el horizonte.

—Era una muerta muy joven —dijo en un tono que parecía sólo para sí—, ¿por qué carajos la habrán asesinado?

Ramón no tuvo ánimo ni siquiera para voltear a verlo. Justino Téllez escupió en el suelo, lo cogió del brazo y echó a andar con él por el sendero.

CAPÍTULO II

La escuela

I

Regresaron a Loma Grande. Los que integraban el cortejo los aguardaban estáticos, con el cadáver de Adela sobre la carreta, hinchándose de sol y polvo. Otros vecinos se habían unido al grupo. Entre ellos también corrió la voz: asesinaron a la novia de Ramón Castaños.

Jacinto Cruz —matancero de reses y enterrador en el cementerio del pueblo— se acercó a Ramón.

—¿Qué hacemos? —le preguntó.

Justino se interpuso un tanto molesto: como autoridad era a él a quien debían preguntar.

—Llévenla a la escuela —ordenó.

Jacinto escuchó la indicación y cuando se retiraba para cumplirla el delegado lo detuvo.

—Y avísale a los padres de la muchacha.

Jacinto Cruz lo miró inquisitivamente.

—¿Y quiénes son?

Téllez se alzó de hombros y se volvió a Ramón en espera de una respuesta, pero él tampoco supo.

—Yo los conozco —dijo Evelia, la mujer de Lucio Estrada— viven dos lienzos más allá de la casa de Macedonio Macedo.

9

Hacía unos cuantos meses la casa de Macedonio era la última de Loma Grande. Sin embargo, llegaba tanta gente de fuera a establecerse al pueblo que los linderos cambiaban semana a semana.

—Pues hazme el favor, Evelia —pidió Téllez con voz ronca— de decirles lo que pasó.

La trasladaron a la escuela. Sin proponérselo, Ramón encabezó la procesión fúnebre. La muchedumbre no se movió hasta que él dio el primer paso.

Tendieron a la muerta en el piso de uno de los dos salones de clase que tenía la escuela. Le pusieron debajo un petate para que no se ensuciara más de tierra y la dejaron tapada con la manta de Pascual. Alguien prendió cuatro veladoras en las cuatro esquinas que limitaban el cadáver. El salón comenzó a atestarse. Se apretujaron unos contra otros para situarse lo más cerca posible de la acción. No obstante el frenesí, el tumulto no violó —como si estuvieran demarcadas fronteras invisibles— el espacio que ocupaba Ramón.

2

En medio del gentío y del bochorno se acercó a Ramón su primo Pedro Salgado.

—Siento mucho lo de tu novia, primo —le dijo.

Ramón lo observó confundido.

—¿Cuál novia?

Pedro lo abrazó. En su aliento se evidenciaba el tufo del alcohol.

—Estoy contigo, primo —le susurró al oído. Se despegó de él, se quitó la camisa y se la dio.

—Toma, para que no andes encuerado en estas horas difíciles.

Ramón cayó en cuenta de que no traía puesta la suya.

—No, gracias —dijo avergonzado, señalando la que llevaba amarrada a la cintura —aquí tengo la mía.

Pedro la miró con ojos extraviados. Abrió la boca y se golpeó el pecho.

—Primo, la tuya está sucia y yo te doy la mía de todo corazón.

Atolondrado Ramón tomó la camisa y agradeció el gesto. En correspondencia su primo le palmeó la espalda.

—Ya sabes, Ramón, lo que se te ofrezca —le dijo con los ojos enturbiados por un amago de llanto y lo besó en la frente.

—Sé que la querías mucho —murmuró y se alejó tambaleante.

Ramón trató de alcanzarlo, de poner en claro que Adela no había sido nunca su novia y que le era tan ajena como a todos los demás. El gentío se lo impidió. Lo consoló saber borracho a su primo.

—Ni supo lo que dijo —pensó.

Revisó la camisa de Pedro. Olía un poco a sudor y a cerveza, pero estaba más limpia que la suya. Se la puso y la abotonó: era una talla más grande que la de él.

El homicidio no tenía ni una hora de haberse descubierto y ya el rumor de la novia muerta de Ramón Castaños se había desparramado por todos los rincones de Loma Grande.

Apelotonada en torno a la escuela, la gente trataba de

indagar sobre el noviazgo entre Ramón y la desconocida. Algunos aprovecharon la ocasión para alardear. Juan Carrera presumía de haber sido amigo de la muerta, cuando en realidad sólo había cruzado con ella un «buenos días» un lejano jueves de junio, el cual Adela no se dignó contestar.

—Yo se la presenté a Ramón —aseguraba—, gracias a mí se hicieron novios.

3

La viuda Castaños desescamaba unas tilapias que le habían regalado Melquiades y Pedro Estrada cuando divisó a unas cuadras el paso de la caravana fúnebre. No le prestó atención pues pensó que se trataba de uno de los tantos mitotes religiosos que organizaban los evangelistas los domingos por la mañana. Regresó a sus labores. Terminó de limpiar las mojarras y las enjuagó para quitarles los residuos de tripa. Mientras lo hacía llegaron María Gaya y Eduviges Lovera a ponerla al tanto de lo sucedido. Arrebatándose la palabra una a otra le expusieron los hechos. La viuda se declaró sorprendida. Nunca se había enterado de los amoríos de su hijo con la mentada Adela, ni Ramón le había confesado tener novia. Tampoco había adquirido el muchacho las costumbres maniáticas que delatan a quien se ha enamorado y que hubieran revelado una pasión secreta. No, no era cierto el tal romance. A ella no se le hubiera escapado algo tan importante. Sin embargo sus amigas insistieron: Ramón era novio de Adela y a Adela la asesinaron en la madrugada. La viuda se resistió a creer dicha versión. Eduviges Lovera le propuso que las acompañara a la escuela a constatarlo. Ella aceptó. Echó los pescados en una cubeta, los roció con sal, los tapó con un cartón para impedir que se mosquearan y partió.

Al llegar al recinto y descubrir a su hijo en uno de los extremos del salón, la viuda disipó toda suspicacia sobre la veracidad de la noticia que sus amigas le habían trasmitido. Ramón se veía triste y dolido, con el dolor y la tristeza que sólo pueden expresar los hombres que acaban de perder a la mujer que más aman en la vida.

La viuda Castaños vaciló unos instantes en si ir o no a consolar al más pequeño de sus hijos. No se atrevió: el rostro de Ramón denotaba un sufrimiento que ella se supo incapaz de mitigar. Llena de pena, salió del aula.

4

Siguió arribando gente al improvisado velatorio. El salón ya no dio para más: los de afuera querían entrar y los de adentro no querían salir. Todos deseaban estar: murmurar sobre el noviazgo truncado, olisquear el cadáver, hurgar en la pena ajena.

Para ampliar el cupo del aula, los curiosos sacaron mesabancos, sillas, pizarrón y todo aquello que estorbara. Lo hicieron con tal descuido que varios pupitres se quebraron en dos. Desesperada, la profesora Margarita Palacios —la única en Loma Grande y sus alrededores— trató de contener el remolino humano. Manoteando argüía:

—Saquen esa muerta de aquí que mis muchachitos se van a espantar y ya no van a querer venir a la escuela.

Protestaba en vano: los adultos no la escuchaban, más atentos al runrún de los sucesos que a la vehemencia de sus alegatos. En tanto los chiquillos, lejos de asustarse, parecían contagiados del furor de sus mayores. Agolpados en los cristales del salón ansiaban explorar —a como diera cabida— aquella situación inusitada.

En medio de tanto barullo Justino Téllez fue a enterarse de lo inevitable: que Adela había sido la novia de Ramón Castaños. En un principio se negó a creerlo. Pensó que se trataba de puras habladas. Sin embargo la frase se repitió tanto y en tantas bocas que terminó por darla por cierta. Pudo entonces explicarse la zozobra que acometía a Ramón, su mirada vacía, su mandíbula apretada, pero no pudo comprender por qué Ramón no le había confesado la verdad, ni los motivos por los que ocultaba su relación con Adela.

Como Justino Téllez era autoridad ejidal y no policial, poco le preocupó encontrar respuesta a sus interrogantes. En cambio le soltó a bocajarro:

—Te lo tenías muy guardadito.

Al principio Ramón no advirtió que era a él a quien se dirigía Justino. Sin embargo el delegado se le quedó viendo tan insistentemente que terminó por darse por aludido.

—¿Guardadito qué? —preguntó fastidiado.

Justino sonrió y señaló con su cabeza el bulto que era el cadáver de Adela.

—Que ella era tu novia.

La respuesta pasmó a Ramón. Balbuceante quiso desmentirlo:

—Eso no . . . ella . . . yo . . .

Ya no tuvo tiempo de decir más porque en ese momento alguien gritó:

—¡Ahí vienen los rurales!

CAPÍTULO III

Carmelo Lozano

I

Dos camionetas color azul plomizo se estacionaron frente a la escuela. Lo hicieron violenta y ostensiblemente, levantando una nube de polvo y asustando a los chamaquillos. De una de ellas descendió Carmelo Lozano, jefe de la policía rural apostada en Ciudad Mante. Carmelo no acostumbraba hacer rondas los domingos, pero esa mañana se despertó con la certeza de que algo gordo sucedía por el rumbo de Loma Grande. «Traigo vibraciones» les dijo a sus subalternos, los montó en las camionetas y guiado por su instinto los condujo sin vacilar por entre cuarenta kilómetros de brechas intrincadas hasta llegar al pueblo.

—Quiubo paisanos, ¿por qué tanto alboroto?

Los que estaban amontonados frente al salón lo evadieron. Carmelo no era un mal hombre, tampoco uno bueno: era policía y eso bastaba para rehuirle. Desde uno de los ventanales Lozano pudo atisbar el cuerpo tendido en el aula. Le alegró constatar su corazonada: sus «vibraciones» jamás le habían fallado. Pescó del hombro a Guzmaro Collazos, un muchacho despistado que recién aparecía por el lugar.

—¿A quién mataron compita? —preguntó Carmelo.

Guzmaro no supo qué responderle. Intentó zafarse pero la manaza de Carmelo se lo impidió.

—¿Qué pasó hombre? Cuéntame.

Justino Téllez apareció por el marco de la puerta y entró al quite.

—Primero saluda capitán . . . o qué ¿ya se te olvidaron tus buenos modales?

Carmelo lo miró desde sus dos metros de estatura y sonrió. Él y Justino se conocían tiempo antes de que Loma Grande fuera pueblo y se llamara Loma Grande, cuando apenas era una ranchería de cuatro casas. Carmelo soltó a Guzmaro —quien se apresuró a alejarse del policía— y caminó hasta Justino. Se saludaron como se saludaban desde niños:

—¿Qué pasó animal de uña? —exclamó Lozano.

Justino contestó inmediatamente.

—Aquí nomás animal de pezuña.

Carmelo llegó hasta Justino y le hizo la finta de darle un gancho al hígado. El delegado hizo la finta de esquivarlo.

—¿Qué te picó capitán para que te aventaras el viaje hasta acá?

—Pos nada compita, que me amanecí con hartas ganas de saludarte.

Justino le extendió la mano y Carmelo se la apretó con la suya.

—Bueno, ya me saludaste —señaló Justino—, ahora ya te puedes regresar.

Carmelo alzó las cejas.

—Ahhh Justino, si serás cabrón.

Ambos hombres se miraron por unos segundos. Téllez empezó a caminar.

—Vente —le dijo al policía—, acompáñame, que por aquí hay mucha oreja parada que escucha lo que no debe.

Los curiosos que los rodeaban se hicieron a un lado para no darse por aludidos. Con una seña Lozano le indicó a sus ocho hombres que lo esperaran.

Se alejaron unos cuantos pasos hasta cobijarse bajo la sombra de un huizache alto.

—Pues resulta Carmelo —dijo Téllez al saberse lejos de oídos indiscretos —que se nos murió una muchachita.

—¿Se murió o la murieron?

Justino escupió en la tierra suelta. El escupitajo se enredó con el polvo y desapareció.

—La murieron . . . y a la malagueña: le zamparon un cuchillo en la mera espalda.

Sin inmutarse Carmelo se mesó el bigote y cortó una ramita del huizache para chuparla.

—¿Y a quién mataron?

Justino meneó la cabeza.

—No sé. Eso estoy averiguando.

Carmelo se sacudió el brazo izquierdo para quitarse de encima un chapulín que se le había enganchado en la correa del reloj. El chapulín se fue volando en dirección de las decenas de entrometidos que los espiaban.

—¿Sabes quién la mató?

—Tampoco —respondió Justino.

—¿Como cuántos años tenía la muchacha? —inquirió Lozano.

Justino reflexionó unos segundos.

—No soy bueno para calcular edades, pero yo le echo unos quince.

Carmelo mojó con saliva sus labios resecos y con la mano se limpió el sudor que se le estancaba sobre sus cejas.

—Pega duro la calor —dijo y se quedó mirando las ondas ardientes que reptaban por la calle.

—¿Cómo la ves? —continuó—. ¿No te huele esto a mal de amores?

Téllez asintió ligeramente.

—Pinche gente compa —prosiguió Lozano—, no se civiliza, todavía se mata por pendejadas.

Justino lo miró con incredulidad. Cuando joven Lozano había malherido a una mujer por celos. Ella sobrevivió a los dos balazos que le había pegado el capitán. Él, arrepentido, le propuso matrimonio. La mujer aceptó, pero no llegaron a casarse: ella murió de congestión alcohólica unos días antes de la boda. Desde entonces todo arranque pasional lo consideraba un acto de barbarie.

—No son pendejas —argumentó Justino burlón—, lo que pasa es que ya estás viejo y no entiendes de estas cosas.

—Viejo tendrás el rabo —replicó Carmelo. Levantó la vista y miró al sol que parecía crepitar en las alturas.

—Carajo —masculló— me vine a dar la pura vuelta en balde.

Justino rió con sorna.

—¿Qué esperabas capitán? ¿Un contrabando? ¿Una avioneta de narcos?

—Algo que valiera la pena —respondió Lozano—, no una muerte inútil.

Justino sabía que lo que le molestaba en el fondo a Carmelo era la imposibilidad de extorsionar a alguien, y sin sospechosos o culpables era difícil sacar dinero del asunto. El crimen de la muchacha lo tenía realmente sin cuidado.

De nuevo humedeció Carmelo sus labios resecos.

—Siquiera invítame una cerveza ¿no?

«Sí hombre» iba a responder Justino cuando se acordó que la única tienda —de las dos que había en el pueblo— que abría los domingos y vendía cervezas heladas, era la de Ramón.

—Fíjate que no se puede.

—No friegues —repuso Carmelo.

—Es que no hay dónde —explicó Justino.

—¿Por? —preguntó Carmelo sobándose el cogote.

—Porque a la que mataron era la novia de Ramón Castaños, el del estanquillo de la vuelta.

—Ramón ¿el hijo de Francisca?

—Ese mero.

Carmelo chasqueó la lengua.

—Chist, no que no sabías a quién se habían escabechado.

—La verdad que no, yo nunca había visto a la muchacha, ni sabía quién era. Lo poco que sé es lo que te acabo de decir y de eso apenas un rato que me enteré.

Lozano se rascó la cabeza, intrigado.

—¿Dónde está Ramón?

—Allá adentro, velándola —contestó Justino.

Carmelo arrojó al piso la varita de huizache que había estado chupando.

—Ni una méndiga cerveza me puedo tomar, vale madres —protestó.

De una de las bolsas de su camisa sacó una pluma atómica y un pequeño cuaderno de notas.

—¿Qué vas a hacer? —le preguntó Justino.

—Un reporte.

Justino resopló con inconformidad.

—No chingues Carmelo, mejor deja las cosas como están. Aquí yo lo arreglo todo y te aviso cuando sepa algo.

Lozano examinó a Justino y sacudió lentamente el mentón.

—Compita ¿para qué fregados te metes en asuntos que no te incumben?

—¡No, carajo! —respondió Justino exaltado—, la última vez que hiciste uno de tus pinches reportes hasta los judiciales vinieron a meterse al pueblo y sólo porque pensaste que . . .

De golpe lo interrumpió Carmelo.

—Ramón la mató ¿verdad?

Justino arrugó el ceño, sorprendido.

—Ya lo sabía— prosiguió Lozano—, así son los cabrones celos compita, no hay quien los pueda controlar.

CAPÍTULO IV

Adela revive

I

Un grito agudo retumbó por las cuatro paredes del salón:

—¡Está viva! —aulló Prudencia Negrete, y es que la vieja había visto al cadáver retorcerse debajo de la manta. Rosa León la secundó con un aullido aún más estrepitoso:

—Vive . . . se mueve . . .

Ramón volvió los ojos hacia la muerta y sintió un arañazo en el estómago: Adela se movía: uno de sus costados se elevaba y descendía lentamente.

—Dios Santo, perdónanos —gimió de rodillas Gertrudis Sánchez, la única prostituta en Loma Grande y alrededores.

Lucio Estrada conjuró la histeria colectiva. «Viejas payasas» le susurró al oído a Ramón, caminó hacia el cadáver y lo descubrió hasta los hombros. El semblante apacible que poseía Adela en la mañana había cambiado: ahora su rostro aparecía endurecido, tirante, a punto de gritar.

—¿Cuál viva? —se burló Lucio—. Si tanto brinca es por los gases.

Ofuscada Rosa León se aproximó a comprobar lo que

Lucio afirmaba y cuando más cerca estuvo del cuerpo, Lucio le picó las costillas.

—Aguas, que muerde.

Rosa León dio un salto descompuesto hacia atrás. Varios soltaron la carcajada. Ramón no. La imagen de Adela mucho más muerta que antes lo golpeó en lo hondo. En unos cuantos segundos Adela se había transformado ante sus ojos. Ya no era la mujer tibia que había cargado en sus brazos y lo había dejado confundido. Ahora era un enorme pedazo de carne. Y, sin embargo, Adela se le adhería, se lo tragaba, lo subyugaba.

Lucio cubrió de nuevo el cadáver y extendió los brazos satisfecho de su demostración y de haber puesto en ridículo a las escandalosas. Muy ufano regresó a platicar con sus amigos mientras Rosa León salía sollozante del aula en medio de risotadas.

Los gritos de Prudencia y Rosa habían llamado la atención de todos y les había hecho olvidar que afuera acechaban nueve policías rurales. De pronto descubrieron que Carmelo Lozano y sus hombres se encaramaban en las camionetas y que Justino los despedía con un ademán severo.

Los policías partieron tal y como habían llegado: levantando una nube de polvo y asustando a los chamaquillos.

Justino había logrado disipar una a una las sospechas que sobre Ramón albergaba Carmelo Lozano. «No, capitán —le había dicho—, el muchacho es incapaz de algo así. Tú y yo lo conocemos desde chico, ¿dónde crees que va a cometer semejante barbaridad?»

La defensa del tendero le costó a Justino mucha labia

y cien mil pesos. «Para la gasolina —arguyó Carmelo— y para tomarme unas cervezas bien frías en Mante, que aquí no me atendieron bien.»

Antes de irse Lozano prometió regresar a la semana «a checar ese pendiente», y como no era un mal hombre, demostró su buena fe redactando así su informe:

> *Domingo ocho de septiembre de 1991.*
> *Se hizo recorrido. No se detectó ningún incidente grave, ni delito que perseguir. La zona en completo orden y tranquilidad.*

Justino regresó al aula y se dirigió a Ramón.

—Te salvé de que te encerraran —le increpó—, pero vas a tener que darme razón de tanto misterio.

2

Los rayos del sol de mediodía empezaron a lengüetear al pueblo. El ambiente en el salón se tornó caldoso, impregnado de humores y humedad de cuerpos. El olor concentrado a sudor impidió que los presentes percibieran el aroma dulzón amargo que revelaba la rápida descomposición del cadáver. No se dieron cuenta hasta que aparecieron rondándolo una docena de moscones verdes que iban a posarse sobre los gruesos coágulos que se deslizaban por las orillas del petate.

—Ya se está mosqueando —advirtió Jacinto Cruz.

Justino Téllez se acercó al matancero.

—¿Qué hacemos? —le preguntó.

Jacinto Cruz arrugó la nariz para aspirar mejor y determinar el grado de putrefacción en que se hallaba el cuerpo.

—Hay que prepararla prontito y meterla en una caja —dijo calmadamente—, que ya está más para allá que para acá.

«Prepararla» en Loma Grande significaba vestirla, peinarla, ponerle coloretes, acomodarla en un ataúd, darle un breve adiós, una bendición y a la fosa: los muertos en verano se cocían demasiado pronto. No se podía, sin embargo, proceder así: aún no llegaba Evelia con los padres de Adela. Había que aguardar y mientras tanto hallar la forma de proteger el cadáver de su propia corrupción.

Después de darle varias vueltas al problema alguien mencionó la posibilidad de colocar al cuerpo en hielo. Sólo dos personas en el pueblo lo empleaban: Lucio Estrada, para refrigerar el pescado, y Ramón, para enfriar Coca-Colas y cervezas. La idea no le pareció buena a Lucio: con el calor el hielo se aguaría rápidamente y revuelto con la sangre lo único que provocaría sería mayor pestilencia y abundancia de moscas. A Ramón tampoco le gustó la idea: sintió vértigo de tan sólo imaginar a Adela enfriada como botella de refresco.

Se descartó el hielo. Tomás Lima, quien en alguna ocasión había trabajado como empleado en una farmacia de Tampico, propuso inyectar el cuerpo con formol. «Con eso aguanta», afirmó. Sin embargo el único formol conseguible en Loma Grande era el que la profesora Margarita Palacios utilizaba para conservar —dentro de un frasco vacío de mayonesa— unos embriones de conejo.

Era poco probable que la profesora cediera su dotación. Además de que se sentía ofendida por el desbarajuste que se había armado en la escuela, los fetos flotantes constituían su herramienta primordial para exponer en clase de ciencias naturales la teoría de la evolución de Darwin.

—Fíjense parecen pescados —decía a sus alumnos mientras sacudía el bote de cristal; luego estiraba sus cachetes y exclamaba: «pero ojo, son conejitos» y sonreía satisfecha de lo que ella pensaba era una demostración exacta de las tesis del viejo Charles Darwin.

Y no, la maestra no donaría su porción de formol a la muerta que estorbaba en su salón de clases y aunque lo hiciera lo obtenido sería poco —apenas alcanzaría para cuatro inyecciones— y se necesitaban más de tres litros para embalsamar el cadáver. Tomás Lima sugirió entonces utilizar alcohol del 96.

—¿Quién tiene alcohol? —preguntó Justino Téllez en voz alta.

Dos mujeres contestaron «yo» y acomedidas fueron a buscarlo a sus casas. Al poco rato volvió Martina Borja con medio litro en un envase de plástico blanco. Conradia Jiménez regresó con la duda de que el poco que tenía guardado se lo hubiera bebido su esposo en una de sus explosivas borracheras.

Medio litro no alcanzaba. Justino Téllez insistió:

—¿Alguien más tiene alcohol?

Sotelo Villa se acordó que entre sus tiliches había visto una botella, no de alcohol, pero sí de agua oxigenada.

—¿Sirve? —preguntó.

Tomás Lima se quedó meditabundo un instante.

—Pues eso es mejor que nada —contestó.

Así fue que Sotelo Villa trajo la botella de agua oxigenada, Guzmaro Collazos un poco de violeta de Genciana y Prudencia Negrete un frasquito de merthiolate.

Tomás Lima hizo una mueca.

—¿Qué pasa? —interrogó Justino.

—Todavía falta para completar lo necesario —acotó.

Varios salieron con la esperanza de encontrar en sus casas algún fármaco o medicamento susceptible de inyectarse, pero retornaron con las manos vacías.

Torcuato Garduño, que toda la mañana se la había pasado sin hablar recargado en un rincón, propuso:

—¿Y si le inyectamos chínguere?

Justino lo miró con enojo. Iba a recriminarlo cuando Tomás Lima declaró pensativo:

—Puede que funcione, también es alcohol.

—Órale —dijo Torcuato sonriente: sacó de entre sus ropas una anforita y se la pasó a Tomás, quien la cogió con cuidado, la destapó, la olió y le pegó un trago largo.

—Carajo —dijo emocionado—, este es ron del bueno, me canso que sirve.

3

Mezclaron el alcohol del 96 con el agua oxigenada, el ron de varias anforitas y el merthiolate en una cacerola de peltre. Lista la fórmula embalsamadora quedó por resolver con qué implementos se inyectaría al cadáver. Amador Cendejas aportó una jeringa desechable con la aguja oxidada que había hallado semienterrada en los corrales de su casa y con la cual hacía varios meses había vacunado a sus cabras. Ethiel Cervera prestó un amarillento libro de texto de Biología, con ilustraciones anatómicas del cuerpo humano, para localizar más fácilmente venas y arterias. Faltaba determinar quién inyectaría a Adela.

—¿No la vas a pinchar? —le preguntó Justino a Tomás con discreción.

—No, hombre, me da cus-cus... que la pique Ramón, ella fue su novia.

Nada más vio a Ramón y Justino supo que el muchacho no podría ni siquiera tomar la jeringa entre sus manos.

Justino le sugirió a varios la ejecución de la tarea, pero pronto evadían el compromiso: «no, yo no, me tiembla el pulso», «¿y si me pico yo solito?», «no, se puede enojar Ramón». Bajo la catapulta de pretextos no quedó más remedio que recurrir al mismo Torcuato Garduño, a quien todos en el pueblo tenían por torpe y atrabancado.

No obstante su fama, Torcuato mostró un oficio poco común en el manejo de cadáveres. A través de la tela y sin exponer un solo centímetro de piel desnuda, Torcuato tiroteó de inyecciones el cuerpo con gran tino y habilidad. Siguiendo paso a paso las ilustraciones del libro de Biología, introdujo la aguja al cálculo, encontrando con precisión las vías más propicias para infiltrar el compuesto embalsamador.

Tardó varios minutos, vigilado por decenas de ojos

atentos a su minucioso quehacer. Al terminar se incorporó sudoroso, le entregó la jeringa a Tomás y se restregó los párpados.

—Se siente del carajo —dijo con el rostro lívido y la lengua seca.

Quedó en el aire un dulce olor a alcohol, ron, muerte y sudor.

CAPÍTULO V

Los nuevos

I

A las cuatro de la tarde se vislumbró al fin a Evelia. Apareció por la calle polvosa y ardiente junto con los padres de Adela: una mujer cincuentona, escurrida de carnes y curtido el rostro por el sol, y un hombre viejo, alto, calvo y de ojos claros.

Llegaron a la escuela y entraron al salón. La mujer se dirigió presurosa hacia el cadáver, lo destapó lentamente con angustia y al descubrirle el rostro lanzó un grito. El viejo —al ver la reacción de su mujer— caminó hacia el cuerpo, cerró los ojos y comenzó a llorar quedamente.

Pocos en el pueblo conocían a los padres de Adela y a Adela misma. Eran de los «nuevos», de los veinte o treinta campesinos que arribaban de vez en vez a Loma Grande traídos por el gobierno desde regiones lejanas: Jalisco, Guanajuato, Michoacán, a laborar las tierras expropiadas a narcotraficantes y que habían sido decretadas como ejidales. Los antiguos pobladores de Loma Grande no convivían con los «nuevos»: los consideraban intrusos, fuereños oportunistas que usurpaban parcelas que bien podían corresponderles a ellos. Los recién llegados —en su mayoría de extracción humilde y criados en tradiciones conservadoras— recelaban de los lomagrandeses, cuyas costumbres les parecían libertinas y extrañas. Así, unos y otros hacían vida aparte.

Nuevos o no, los padres de Adela conmovieron a todos. La madre, tendida en el piso junto al cadáver de su hija, sollozaba con lamentos ahogados. Abatido, el padre se empequeñecía acurrucado sobre sus rodillas.

Sobre el salón onduló un amasijo de silencio y calor, una vaharada muda, total. No hubo quien mirara de frente, sólo ojos en reojo.

Discretamente Justino le hizo señas a Evelia de que se acercara.

—¿Por qué tardaste tanto? —le reclamó en voz baja.

Evelia resolló como si hubiera hecho un gran esfuerzo.

—No estaban en su casa —contestó—, los fui a hallar cortando tunas en el Bernal.

El Bernal era el único cerro de la zona y para llegar a él desde Loma Grande era necesario recorrer cinco kilómetros entre rayas, barrancas y breñales.

—No me querían creer —continuó Evelia—, me costó trabajo convencerlos de que vinieran acá . . . me aseguraron que Adela estaba en su cama cuando se fueron rumbo al cerro.

—¿Dormida? —preguntó pensativo Justino.

—Sí —confirmó Evelia.

—¿Y a qué hora se salieron de la casa?

—Dicen que un poco antes de que clareara.

Los que rodeaban a Evelia la escuchaban atentos. Tenía reputación de mujer juiciosa poco dada a echar mentiras. Lo que decía se estimaba como creíble y veraz.

Evelia lo sabía, por ello no gastaba sus palabras y no las gastó cuando escuetamente dijo:

—Les mataron a la única hija que les quedaba.

La frase se deslizó entre los presentes en un susurro. A algunos —los menos— el conocer la noticia los hizo avergonzarse de curiosear un drama ajeno y abandonaron el aula. Para otros —los más— el saberlo espoleó su interés por atestiguarlo hasta el final.

2

Los pésames repentinos, las miradas ambiguas, las cautas condolencias, las preguntas impertinentes, crearon en Ramón una certeza: ya no era una broma, ni un rumor lo que se decía acerca de su relación con Adela, sino una verdad nueva y definitiva que crecía minuto a minuto y que le costaba cada vez más trabajo desmentir. Adela se le convertía en una trampa y un misterio. El recuerdo que tenía de ella se tornó confuso. Una tras otra se le empalmaron las imágenes: Adela vestida con una blusa blanca y una falda amarilla comprando perejil en la tienda; Adela perdiéndose por las calles del pueblo. Adela desnuda, tirada, silenciosa en el silencio de un sorgal. Adela hija asesinada, Adela empapada en sangre, Adela empapándolo con su sangre. Adela reflejada en el rostro de su padre, en el dolor de su madre. Adela, Adela, Adela. La que había olido y estrujado. Adela, el temor a Adela, el amor a Adela. ¿Quién era Adela?

Reconcentrado como estaba Ramón no advirtió que la madre de Adela se había incorporado y se dirigía decidida hacia él. No la descubrió sino hasta tenerla aliento con aliento. Entonces miró el rostro humedecido y arrugado que lo escrutaba penetrante y tuvo miedo, y ella pareció adivinarlos porque suavizó la mirada y con dulzura le dijo:

—Adela te quiso mucho . . .

La frase irrumpió en Ramón como un golpe sordo. Deseó largarse de ahí, dejar a Adela con su hedor de muerta y la mentira de sus amoríos, mentarle la madre a la madre de Adela, empujarla y gritarle que lo dejara en paz, huir del remolino de murmullos que lo engullía, acabar con la farsa, vocear que no era cierto nada de lo que se decía sobre él y Adela. Sin embargo, con voz adormecida, que no sintió como suya, Ramón dijo:

—Yo también señora, yo también la quise mucho.

3

Natalio Figueroa y su mujer, Clotilde Aranda, habían arribado a Loma Grande hacía seis meses. Venían de un pueblo llamado San Jerónimo, cercano a la ciudad de León, Guanajuato. Adela era la menor de sus cinco hijos, todos fallecidos. El mayor se les había muerto entre los brazos a los cuatro años de edad por causa de una disentería. El segundo se desnucó a los once al caerse de un caballo que galopaba desbocado. La tercera se ahogó a los catorce al intentar cruzar el Río Bravo junto con el muchacho con el cual días antes se había fugado. Al cuarto una bala perdida le reventó la cabeza cuando caminaba cerca de una cantina donde se había desatado un pleito de borrachos: estaba por cumplir los nueve años. «Y a Adela no sabemos quién la apuñaló —expuso Justino—, pero al rato averiguamos». Natalio lo escuchó sin mirarlo. Respiraba con dificultad, sin poder creer aún lo sucedido.

Natalio supo que tarde o temprano rodaría por el pueblo el nombre del asesino. De momento hubo menesteres que le preocuparon más que indagar las circunstancias del crimen.

—¿No hay modo de llamar a un sacerdote? —preguntó tibiamente—. Quiero que bendiga a mi Adela.

Justino lo contempló con cierta lástima: no, no existía modo alguno. El sacerdote más próximo residía en Ciudad Mante y no había forma de viajar hasta allá: las dos únicas camionetas que había en Loma Grande estaban descompuestas, y el camión sólo pasaba por el pueblo las tardes de los martes y los jueves. A caballo la jornada era demasiado larga y fatigosa, no menos de diez horas en la pura ida. Imposible traer al sacerdote. Justino no le mencionó nada de esto a Natalio. Le dijo: «ahorita van por uno» y mandó llamar —en cambio— a los dos evangelistas que radicaban en el ejido Pastores.

Al fin y al cabo son como curas, pensó: también rezan y bendicen.

Rodolfo Horner y Luis Fernando Brehm se llamaban los evangelistas. Ambos descendían de comerciantes alemanes llegados al país a principios del siglo. Parecían padre e hijo, pero no lo eran. Todos los domingos iban a

Loma Grande a predicar. Se presentaban muy temprano batiendo unos tambores de campaña y unas panderetas de estudiantina. Entre tamborazo y tamborazo proferían sentencias religiosas con las cuales invitaban a los pecadores a arrepentirse de sus malos actos. La primera ocasión en que arribaron al pueblo —donde pocos habían asistido a más de una misa en su vida o apenas conocían otra plegaria que el Padre Nuestro— la gente los escuchó con respeto y deferencia. Varios, conmovidos, les regalaron puercos, gallinas y guajolotes. Otros, con la esperanza de lograr perdón eterno y esquivar el camino al purgatorio, les confesaron sus pecados. Los evangelistas los escuchaban prudentemente, aclarando que ellos no confesaban y que si aceptaban hacerlo era para alivio exclusivo de los fieles, no porque lo consideraran necesario.

Al paso del tiempo los evangelistas empezaron a regañar a los pecadores, amenazándolos con el castigo implacable del puño divino. La gente se fastidió y decidió tomarles el pelo: Tomás Lima les confió haber matado ocho hombres por puro gusto; Torcuato Garduño les platicó de los variados sabores de la carne humana y Gertrudis Sánchez los excitó con la pormenorizada narración de los triángulos amorosos que sostenía con su hermano y su padre.

Tardaron en develar la confabulación, y al descubrirla se enfurecieron. Redoblaron sus amenazas y en el pueblo se burlaron aún más de ellos. Esto no impidió que siguieran predicando en Loma Grande cada domingo. Y si el domingo en que acuchillaron a Adela no se habían aparecido por el pueblo, se debía a que a Rodolfo Horner, el más joven de los dos, lo había picado un alacrán.

Cuando Pascual Ortega se apersonó para llevarlos al velorio se sintieron felices. Era la primera vez que les solicitaban participar en una ceremonia religiosa. Al fin cobraba fruto la dura tarea de picar piedra día a día, de aguantar rechazos, burlas, caminatas a pleno sol. Sin embargo, al saber que iban a oficiar por el alma de una mujer asesinada en circunstancias sombrías, se retractaron: no deseaban inmiscuirse en líos ajenos. Intentaron salirse por la tangente argumentando que Rodolfo aún se encontraba delicado por la picadura y que podía agravarse si montaba a caballo.

—Se le puede ir el veneno a la cabeza —explicó Luis Fernando.

Pascual sonrió irónico: puras mentiras. A él lo habían picado más de diez alacranes y sabía que, fuera de una asfixiante sensación de tragar pelos que duraba unas cuantas horas y de una inflamación en el sitio del piquete que desaparecía a la semana, nada grave sucedía.

La actitud burlona y retadora de Pascual sugirió a los evangelistas que su coartada no era del todo convincente. Optaron entre pasarse la noche inventando pretextos absurdos o ir a Loma Grande y cumplir lo más discretamente posible para no involucrarse en la trama del crimen.

Salieron del ejido Pastores al pardear la tarde. Pascual Ortega los condujo a Loma Grande por el camino más corto: aquel que cruzaba el sorgal donde habían asesinado a Adela. Al pasar por el lugar Pascual les señaló con la barbilla una mancha oscura, indefinible a esas horas del atardecer. «Ahí la mataron» —sentenció. Los evangelistas se arrebujaron sobre la montura de sus caballos y murmuraron un par de plegarias pidiendo por la salvación de su alma.

Llegaron al pueblo al anochecer. No encontraron a nadie en las calles ni en la escuela: se habían llevado el cadáver de Adela a casa de sus padres.

CAPÍTULO VI

Una falda negra y una blusa azul

I

Ramón entró en la casa de Natalio Figueroa y Clotilde Aranda y paseó por ella su mirada: era una casa pobre: cuatro paredes enjarradas. El techo de palma. Un solo cuarto, sin divisiones. En el centro un fogón. A los lados un catre y una cama. Una mesa y tres sillas. Platos de peltre azul. Tazas de plástico rojo. Sartenes cochambrosos. Olor a quemado. Un armario grande y sin pintar. Estampas de la virgen de Guadalupe y el niño Jesús. Mecheros de petróleo en frascos de Nescafé. Dos ventanas: una con vistas al norte, la otra al sur. Dos trapos percudidos como cortinas. Una sábana raída como mortaja y Adela tendida en el catre en el cual despertó por última vez.

Natalio haló una silla y se la ofreció a Ramón. Ramón agradeció el gesto, hizo el amago de tomar asiento y terminó quedándose de pie. En las otras dos sillas se acomodaron Justino y Evelia, mientras que Clotilde Aranda se arrellanó entre las cobijas de la cama. Sólo ellos cinco permanecían dentro. Los demás quedaron fuera, apiñados en torno al pequeño solar que circundaba la casa.

—¿Un café? —preguntó Natalio sin dirigirse a nadie en particular. Justino y Ramón negaron el ofrecimiento. Evelia, fatigada de tanta corredera y sin haber comido nada desde la mañana, aceptó.

Clotilde Aranda se incorporó a preparar el café. Se enjugó las lágrimas y deambuló hasta el fogón. Acomodó una cacerola de barro entre las brasas aún encendidas y las sopló para avivarlas. Esperó con los ojos clavados en el agua que lentamente hervía, mientras los demás la observaban silenciosos.

Empezó a humear el café, pero Clotilde se sostuvo en la misma posición. Natalio la sacudió levemente para rescatarla de su ensimismamiento. La mujer se sobresaltó.

—¿Qué pasó?

Natalio extendió una de sus manos huesudas y señaló el fogón.

—El café . . . ya está listo.

Clotilde contempló la cacerola, dobló la cabeza y comenzó a gemir:

—Adela . . . mi Adela . . .

Natalio la abrazó, la llevó a la cama y la ayudó a recostarse.

Ramón se sintió asfixiado. Con su respiración de muerta Adela se robaba el aire de aquel cuarto estrecho, enrareciéndolo.

—¿No quieres café?

Ramón levantó los ojos hacia la voz y miró la taza que Natalio balanceaba frente a él. No, no quería café. Lo que deseaba era huir, correr lejos, hasta estallar. Alejarse a toda prisa del enorme cadáver que era Adela.

—Gracias —dijo y tomó la taza hirviente entre sus manos. Bebió un sorbo y se sentó en la silla que antes le había brindado Natalio.

2

Después de sollozar largo rato, Clotilde se repuso y se dio a la tarea de buscar la ropa con la cual vestiría a Adela para sepultarla. Abrió el armario y lo revisó cuidadosamente. Extrajo dos blusas y registró de nuevo, como si buscara algo perdido. Desesperada vació el contenido del ropero y examinó objeto por objeto. Al terminar se mordió el labio y torció el rostro hacia su marido.

—Faltan su falda negra y la blusa azul —dijo abatida.

Ambas eran las prendas más finas con las que contaba Adela: su atuendo favorito. Las había usado sólo en dos ocasiones que consideró muy especiales: la primera, cuando cumplió quince años y en San Jerónimo celebraron el baile de presentación de las quinceañeras, y la segunda, el día en que en la escuela de su pueblo le entregaron el certificado de terminación de sus estudios de primaria. No se las volvió a poner sino hasta ese domingo.

La desazón de Clotilde se acentuó al no hallar la falda negra y la blusa azul. Con ellas había pensado vestir a su hija para el funeral. Desconsolada, la mujer se recargó en el armario vacío moviendo de un lado a otro la cabeza.

Natalio avanzó hasta su esposa. Recogió la poca ropa

tirada en el piso y separó una blusa blanca y una falda amarilla.

—Ponle esto —dijo y se las entregó.

Clotilde recibió las prendas como quien recibe algo muy valioso, se las llevó al pecho y las acarició con largueza.

En la semipenumbra Ramón logró distinguir lo que la mujer tenía entre las manos y un estremecimiento glacial lo sacudió por dentro: era aquella la misma ropa con la cual había visto a Adela la tarde en que la conoció. Y de nuevo le brotó Adela —la otra Adela—, la de los ojos claros, la mirada fresca, el cuello terso, la voz un poco ronca y la risa casi imperceptible. De nuevo Adela, frágil, desnuda, silenciosa, y él abrazándola y ella abrasándolo. Y Adela y el enorme cadáver que era Adela. Y Ramón y las dos Adelas y Adela muerta, demasiado muerta.

3

Clotilde Aranda no pudo. No pudo enfrentarse a la hinchazón de carne y hueso a la que una vez llamó hija. No se atrevió a mirarla, mucho menos, a tocarla. Le fue imposible vestirla. Imposible peinar sus cabellos revueltos. Imposible acicalarla para disimular la sonrisa de la muerte sobre su rostro. Natalio contempló vencida a su mujer. Ella había cumplido cabalmente con la áspera tarea de preparar y amortajar a sus demás hijos muertos.

Pero amortajar a Adela suponía amortajar un trozo de sí misma: el último que le quedaba de esperanza.

Silenciosamente Natalio quitó de manos de su mujer la blusa blanca y la falda amarilla y se las ofreció a Evelia. Evelia comprendió de inmediato lo que con el gesto el hombre le pedía, y aunque estaba demasiado cansada para afrontar el encargo, no tuvo ánimo para negarse a realizarlo. Cogió la ropa, entrecerró los ojos y preguntó:

—¿Qué zapatos le pongo?

Natalio se volvió hacia su esposa en busca de una respuesta. Clotilde meneó la cabeza: Adela sólo poseía un par y seguramente se lo había calzado por la mañana.

—No tiene —contestó la madre, avergonzada.

Evelia quedó a solas con el cadáver. Se sentó al borde del catre, dio un último sorbo a su café, se mesó los cabellos y suspiró. Tomó por una punta la sábana que cubría a Adela y la descorrió lentamente. Libre de su envoltura mortuoria, el cuerpo desnudo emanó una bocanada de tufo penetrante. Evelia sintió un picor en la nariz y se la tapó con una mano para evitarlo. El golpe de pestilencia pronto se diluyó en la oscuridad, dejando en la habitación un tenue aroma a vinagre. La piel de la muerta —reseca por el menjurje que le habían inyectado— semejaba cartón. Unas estrías violáceas atigraban brazos y piernas. Sin embargo el rostro había adquirido una expresión serena, como si Adela descansara al fin del ajetreo que ella misma había suscitado.

Evelia levantó la vista para no dejarse desarmar por el cadáver. Trató de pensar en algo completamente ajeno y no lo logró: había demasiada muerte en el cuarto. Reconoció que sola no podría preparar a Adela. Se impulsó con los brazos para incorporarse. Quedó de pie, movió sus hombros de arriba abajo y salió a la puerta.

Natalio se le acercó rápidamente.

—¿Ya? —preguntó nervioso.

—No, todavía no . . . necesito a alguien que me ayude.

Evelia adelantó un paso y escudriñó las decenas de sombras que la rodeaban. Rondó su mirada pausadamente. Junto a la alambrada que cercaba el solar descubrió las siluetas de Astrid Monge y Anita Novoa, dos muchachas que vivían a la vuelta y a las cuales conocía desde niñas. A ambas las había visto en alguna ocasión con Adela.

Evelia las llamó y ellas se acercaron acicateadas por la curiosidad.

—¿Me ayudan a vestir a la difunta? —preguntó al par de rostros borrados por la noche.

Durante unos segundos sólo se escuchó la respiración acompasada de las muchachas que cavilaban su respuesta.

—Yo no —contestó Anita secamente.

Evelia giró su mirada hacia Astrid y pudo descifrar en la oscuridad un ligero asentimiento de su cabeza.

4

Entraron calladamente a la casa. Bajo la luz turbia de los mecheros, Astrid contempló el cadáver derrumbado sobre el catre. Un cúmulo de moscas se encimaba sobre los ojos a medio abrir de Adela tratando de beberse sus últimas lágrimas. Refluyó en Astrid una náusea pastosa que le escoció el paladar. Quiso escupir, no sólo su asco, sino también su rabia: rabia por las moscas, por tanto silencio, por la obstinada quietud de Adela.

Evelia sacudió un trapo para espantar a las moscas, pero éstas sobrevolaron brevemente y volvieron a posarse sobre los ojos de la muerta.

—Ayúdame a enderezarla —le pidió a Astrid.

Astrid apretó los dientes y cerró los puños para decidirse. Tomó ánimos y con extremo cuidado metió las manos por debajo de la espalda de Adela. Apenas rozó la piel rugosa y supo que la muerte es muy otra al tocarla que a sólo mirarla. Descubrió que eso que estaba ahí no era Adela, por lo menos no la Adela que había conocido hacía escasos meses y de la cual se había hecho muy amiga. No la Adela con la cual había platicado, reído y confesado sus secretos. No la Adela de mirada transparente. No, ese masacote de engrudo y cartón no era Adela.

—No te agüites —le dijo cálidamente Evelia al verla turbada —porque sino me voy a agüitar yo también y entonces no va haber quien la vista.

—Estoy bien —respondió Astrid con tristeza— sólo que no me acostumbro a verla así.

Evelia le mostró la blusa.

—Hay que apurarnos.

Astrid acarició los cabellos de Adela.

—El otro día me pidió que le hiciera una trenza— dijo melancólica.

En la lejanía se empezó a escuchar el golpeteo de un martillo.

—Estaba enamorada —susurró sin dejar de acariciarla.

—¿Enamorada de quién? —inquirió Evelia.

—No sé.

—¿De Ramón?

—Quién sabe . . . no sé . . .

Astrid ya no continuó. Contuvo el llanto oprimiendo los labios y resuelta levantó el cuerpo de cartón para comenzar a vestirlo.

Jacinto Cruz terminó de martillar y con una lija suavizó la madera del interior de la caja. Había construido el ataúd con restos de tablas pertenecientes a la casa abandonada donde Jeremías Martínez habitó los últimos años de su vida. De esa casa salían la mayor parte de los féretros requeridos en Loma Grande.

Pascual llegó en la carreta presto a transportar el ataúd. Se apeó de un brinco y se dirigió hacia Jacinto.

—Ya traje a los curas —dijo refiriéndose a los evangelistas— y ya está vestida y arreglada la muertita. Sólo falta la caja.

—Y cavar la fosa —agregó Jacinto.

Pascual sonrió sin querer sonreír verdaderamente. Caminó alrededor del féretro, inspeccionándolo con minuciosidad.

—Oiga ¿no lo hizo medio grande?

Jacinto observó su trabajo y negó con la cabeza.

—No, está de buen tamaño.

Pascual dio dos pasos.

—Mide dos zancadas —dijo— y la muchacha no estaba tan larga.

Jacinto miró hacia el cielo sin luna y volvió lentamente su rostro hacia el de Pascual.

—Dicen que los muertos mientras más se mueren más grandes y anchos se ponen.

—Sí, eso dicen —murmuró Pascual. Cogió el ataúd por una de las orillas y le hizo a Jacinto una seña para levantarlo entre ambos.

CAPÍTULO VII

El asesino

I

Sepultaron a Adela en el antiguo cementerio, al borde del río Guayalejo y cerca del lugar donde la habían asesinado. Cavaron una fosa profunda para evitar que en tiempo de lluvias la arrastraran las caudas crecidas del río. Para muchos fue el entierro más triste que hubieran presenciado, incluso más que el de doña Paulita Estrada o el de don Refugio López, fundadores del pueblo. No hubo gritos ni lamentos. Puro silencio y una noche sin luna.

Contagiados por el estupor reinante, los evangelistas se limitaron a pronunciar un adiós conciso y una corta bendición. Terminada la ceremonia fúnebre la gente se dispersó en grupos compactos que se dirigieron a Loma Grande por entre la oscuridad de los senderos invadidos de yerba.

La mayoría de los hombres siguió a Ramón hasta la tienda. Faltaba aún mucho por aclarar y nada mejor que hacerlo con una cerveza fría en la mano.

Bien sabía Ramón que la noche apenas comenzaba para él. Entrampado como estaba en un amorío invisible no tenía modo de echarse atrás y negar su romance sin antes pasar por cobarde o poco hombre. En adelante tendría que vivir como real ese pasado imaginario.

2

Ningún asunto se resolvía en Loma Grande de modo directo o tajante, ni siquiera un crimen. Debía pasar primero por un tejido de charlas insulsas que poco a poco se engarzaban a la médula de lo tratado. Por esa razón Justino Téllez —después de hacer un buche de cerveza para refrescarse el cogote— le preguntó a Lucio Estrada por el precio que la CONASUPO pagaba por la tonelada de sorgo.

—Trescientos cincuenta mil pesos —contestó Lucio con cierto enfado.

—¡Ya ni la chingan! —exclamó Macedonio Macedo—, con esos precios no vale la pena cosechar.

—No se paga ni la semilla —intervino Torcuato Garduño.

—Y menos la renta de las trilladoras —agregó Amador Cendejas.

—Yo por eso ya no siembro —dijo Ranulfo Quirarte, a quien le apodaban «La Amistad» por su gusto por entablar plática y que se dedicaba a vender la carne de los venados que mataba de noche lampareándolos arriba de una bicicleta y disparándoles a mansalva con una escopeta cuata calibre 16.

—Nosotros tampoco vamos a sembrar —aseguró

Melquiades, el hermano menor de Lucio y Pedro Estrada—, ahora nos vamos a dedicar al *bisnes* de la pescada.

—Ya compramos cuatro chinchorros para tenderlos entre el chuvenal de la presa —añadió Lucio.

—Hay mucha mojarra por ahí ¿verdad? —inquirió Justino Téllez.

—Bastante —confirmó Melquiades—, la semana pasada sacamos doscientos kilos.

—¿Y la siguen fileteando? —preguntó Justino.

—Ya no —contestó Lucio— desde que se robaron mi cuchillo filetero.

—¿Cuál?

—El cuchillo que me regaló el señor Larre, uno filoso, delgadito.

—¿El señor Larre?

—Sí, el cazador que viene de México a matar gansos. Uno alto, grandote.

—Ahh, sí.

Justino volvió a hacer un buche de cerveza, lo rebotó varias veces contra su paladar y lo escupió.

—Oye y el cuchillo ¿quién crees que te lo robó?

Lucio sonrió ante la pregunta.

—Pues no sé, si supiera ya se lo hubiera quitado.

—Pues ojalá supieras —continuó Justino Téllez— porque se me hace que con ese cuchillo mataron a la muchacha.

Lucio y los demás enmudecieron. Ramón recordó haberlo visto. Justino tenía razón: sólo uno de ese tamaño y filo podía haber atravesado a Adela tan limpiamente.

Torcuato Garduño cambió el tema de la conversación.

—Se me figura —dijo mientras miraba en dirección al sur— que va a llover la semana que entra.

—Verdad —prosiguió Macedonio—, como que desde hace tres días quiere soplar un vientecito huasteco.

—Un poco de agua no caería mal —dijo Amador Cendejas—, terminaría por levantar el sorgo.

—Pinche sorgo —intervino Torcuato—, de haber sabido que lo pagaban a trescientos cincuenta, ni para qué lo siembro.

—Debimos haber sembrado cártamo, como le hizo Ethiel —dijo Pedro Salgado.

—De veras que sí —sentenció Justino—, la tonelada la están pagando al doble, pero ni modo, sembramos sorgo ¿qué le vamos a hacer?

La plática cesó unos segundos, durante los cuales nadie habló. Inesperadamente Torcuato rompió el silencio.

—Apuesto a que son las diez y veinte.

Todos se volvieron a mirarlo, con extrañeza.

—Apuesto —insistió Torcuato.

—¿Por qué? —preguntó Pedro Salgado.

—Porque dicen que cada veinte minutos pasa un ángel y que por eso se queda callada la gente.

—Pues sí, son las diez y veinte.

Torcuato sonrió triunfante.

—Ya ven —dijo.

Otro ángel volvió a transitar por encima de ellos porque de nuevo callaron. Ranulfo Quirarte «La Amistad» siguió al ángel en su trayectoria hasta que desapareció, entonces afirmó sin preámbulos:

—Yo sé quién mató a la muchacha.

—¿Y cómo sabes tú? —le preguntó Marcelino Huitrón.

«La Amistad» rumió su respuesta en medio de dos tragos de cerveza.

—Porque hace un rato que estábamos hablando del cártamo me acordé que anoche anduve lampareando en los terrenos de Ethiel y como no vi ningún venado me lancé rumbo a los potreros que están pegados al río . . .

«La Amistad» detuvo la frase a la mitad para darle otro trago a la cerveza. Con el dorso de la mano se limpió la espuma que se le había pegosteado en el bigote y continuó:

— . . . iba yo en la bicicleta sin prender la luz cuando oí que alguien andaba por la brecha. Encendí el *sporlain* y como a cincuenta metros alumbré a un cabrón jaloneándose con una vieja que traía la blusa rota . . .

De nuevo suspendió «La Amistad» su relato. Pocas veces tenía un auditorio tan cautivo y no iba a desaprovecharlo.

—Se me acabó la cerveza —le dijo a Ramón—, ¿me pasas otra?

Ramón se metió a la tienda y sacó una de la hielera. La limpió con un trapo, la destapó y se la dio. Ranulfo reanudó su historia:

— . . . yo creo que los asusté porque luego se metieron al monte. Cuando vi que se clavaron en la huizachera le apagué a la lámpara porque dije ¿qué chingados me meto en lo que no me importa? y ustedes me desmentirán si no es muy feo eso de andar en lo que no es de uno ¿verdad?

Justino —a quien «La Amistad» se había dirigido durante la conversación— asintió y los demás asintieron también. Ranulfo continuó:

—Y aunque no quise entrometerme, clarito vi quién era: ni más ni menos que el Gitano.

Otra vez «La Amistad» demoró su charla a sabiendas de que nadie lo interrumpiría ni cambiaría de tema, como solía sucederle a menudo. Bebió un poco de cerveza, la paladeó y prosiguió:

—Anoche no supe quién era la que iba con él, hasta ahora que columbro que se trataba de la mera difunta.

Justino se le quedó mirando inquisitivamente.

—¿No estarás diciendo mentiras?

Ranulfo se besó los dedos en cruz.

—Por Dios que no.

—¿Y como a qué hora fue eso? —preguntó Marcelino.

—Por ahí de las cuatro a cinco de la mañana —respondió «La Amistad» de inmediato.

De pronto Lucio Estrada se palmeó la frente.

—Ahora que me acuerdo —dijo— ese cabrón del Gitano se la pasaba chuleándome mi cuchillo . . . Seguro que él se lo transó.

Torcuato terció exaltado.

—Ese hijo de la chingada fue el que la mató. Si no aquí estaría tranquilito echando plática con nosotros y yo no lo miro desde ayer.

El resto de la noche las cervezas frías calentaron las cabezas de aquellos hombres.

CAPÍTULO VIII

Gabriela Bautista

I

Noche. El calor parece no otorgar tregua alguna. Tampoco el polvo. Calor y polvo se untan en los cuerpos. Las pieles sudan tierra. Remolinos de jejenes y mosquitos flotan en el aire inmóvil y quemante. Zumban junto a los oídos, picoteando implacables. Un trío de coyotes aúlla en el monte. Las víboras de cascabel se retuercen en la grava ardiente de las veredas. Las bestias se arriman a los mezquites, cobijándose de un sol que aún perdura en la oscuridad. A lo lejos el río y su bramido sosegado. Y el calor, el maldito calor, avasallándolo todo.

Gabriela Bautista no duerme, la zozobra no se lo permite. Tampoco el miedo. Aguarda inquieta a que su marido regrese en cualquier momento a coserla a golpes y muy probablemente a matarla. No tiene a dónde huir, ni dónde esconderse. Mantiene la leve esperanza de que él no lo sepa, pero no, a esas horas ya debería estar enterado de su infidelidad. Si ha tardado en llegar es porque ha ido a cobrarle la afrenta al Gitano.

Rechina la puerta. Gabriela Bautista se agazapa tras la cama. Es él y va a matarla. Transcurre lentamente un minuto, y otro más. El rechinido no se repite. Gabriela

55

Bautista recarga la cabeza sobre la cama y cierra los ojos. Suda un sudor de adentro. El mismo sudor que la recorrió la noche anterior en que una luz brutal la descubrió restregando su carne a la carne del Gitano. Una luz sin nombre, insistente, callada, que los cegó a mitad de la noche y les escudriñó la desnudez.

—Buenas noches —le gritó el Gitano a la luz muda.

No hubo respuesta, sólo el silencio y la luz. Gabriela Bautista se ocultó detrás del Gitano y sudó, sudó miedo.

—Buenas noches —repitió el Gitano.

Nada, luz y silencio, y la fría sensación de ser venadeados por el silencio.

El Gitano adivinó en la oscuridad el resplandor del cañón de una arma. Empujó a Gabriela hacia el monte y ambos echaron a correr y la luz detrás de ellos y quién sabe quién detrás de la luz. Corrieron cuanto pudieron, tropezando, quemándose los pies con los abrojos, rasgándose los brazos y las piernas, hasta que la luz dejó de penetrar el espeso ramaje de la breña. Se ovillaron bajo la fronda de una gavia, respirando agitados, inundados del aire caliente de la noche. No hablaron una sola palabra. Ella se acurrucó sobre él y él la besó y la acarició y Gabriela Bautista se dejó besar y acariciar y besó y acarició cada vez más asustada de sí misma.

Hicieron el amor. Al terminar el Gitano se incorporó, se abrochó el pantalón y partió por entre la huizachera. Ella se quedó quieta, embarrada de sexo y temor. A la distancia oyó el ronroneo de la camioneta del Gitano que se alejaba por la brecha. Lo escuchó perderse en el amanecer. Se puso de pie, se sacudió el vestido y se acomodó la ropa. Echó andar con paso desangelado. La habían descubierto y no hallaba a dónde huir. Llegó a su casa y se escondió en el único lugar en el cual creyó podría esconderse: detrás de la cama, donde se la ha pasado todo ese domingo y desde donde ahora escucha la puerta crujir. La mira abrirse y ve entrar a Pedro Salgado, su marido.

2

Manejó hasta llegar a la cortina de la presa. Detuvo la camioneta a la vera del camino. Apagó el motor y se reclinó sobre el asiento. Saboreó de nuevo uno a uno los besos de Gabriela Bautista. La mujer lo enloquecía y él a ella, pero sabía que no podía regresar a Loma Grande en un buen rato. Debía esperar noticias y no retornar hasta asegurarse que no hubiera pelotera en el pueblo.

Se bajó del vehículo y caminó hasta el borde de la presa. Tenía arañados los tobillos, la frente, los antebrazos y las manos. Se quitó la ropa, la hizo bulto y la ocultó debajo de unas matas de solimán. Se metió en el agua tibia y se frotó con lodo para desinfectarse los rasguños y suprimir la comezón. Una bandada de cercetas pasó volando a baja altura. Su aleteo siseante lo asustó y le hizo pegar un brinco hacia atrás. «Chingados —pensó— todavía traigo atravesada la corretiza de anoche».

Se enjuagó la costra de lodo que se había untado. Chapoteó un rato y se divirtió tratando de pescar charalitos con las manos. Salió del agua, se secó con la camisa y se puso los pantalones. No quiso quedar desnudo: era domingo temprano y de vez en cuando transitaban por el camino algunos coches con familias. Se recostó sobre uno de los rocones que apuntalaban la cortina de la presa y se durmió.

Casi nadie conocía su nombre: José Echeverri-Berriozábal. La mayoría lo llamaba simplemente Gitano. Había nacido en Tampico, hijo bastardo de un marinero vasco y de una mesera que atendía en la nevería Elite. De su padre había heredado la altura y la mirada verde. De su madre los huesos anchos, la esbeltez, la figura correosa y un exacto dominio de la adversidad.

Desde adolescente le dio por liarse con mujeres casadas. Nunca adujo razón de su preferencia, pero sus amigos lo justificaban diciendo que se debía a que su madre nunca se matrimonió. A los quince años un marido colérico lo bañó a machetazos. El Gitano sobrevivió a duras penas los cinco tajos que le despedazaron la espalda. Curó las heridas y llevó por siempre el orgullo de sus cicatrices.

Tres años después se involucró con la mujer de un aduanero. El hombre los sorprendió en la cama, sacó una pistola Browning calibre treinta y dos y le emplomó el pecho con tres fogonazos.

Al sanar juró vengar el ataque. Supo que el hombre que lo había baleado se refugiaba en Tempoal. Allá fue a buscarlo y no lo encontró. Se topó —en cambio— con un comisionista que lo introdujo a la venta ambulante de artículos para el hogar. Desde entonces rodó de un pueblo a otro bajo el apodo del Gitano.

Tiempo después descubrió las ventajas de combinar su negocio con el contrabando de chucherías fabricadas en Taiwán. Si a un sartén le dobleteaba la utilidad, a un reloj de cuarzo se la sextuplicaba. Aun cuando tuvo que repartir el botín entre policías rurales, judiciales, estatales y federales, presidentes municipales y delegados ejidales, invariablemente obtenía buenas ganancias.

Con sus ahorros pudo comprarse una camioneta Dodge con caseta de aluminio y construirse una pequeña casa en Tampico. No obstante nunca mantuvo residencia fija. Pernoctaba en su vehículo a orilla de las brechas o canjeaba mercancías por casa y comida. A Loma Grande iba por lo regular dos veces al año, hasta que una tarde de enero inició sus amoríos con Gabriela Bautista. A partir de ese momento cambió la frecuencia de sus visitas a una por mes.

En Loma Grande se hospedaba en casa de Rutilio Buenaventura, un campesino anciano y ciego que descubrió un nuevo modo de soliviantar su oscuridad gracias al *walkman* que el Gitano le había regalado. En agradecimiento Rutilio le ofreció techo —comida no porque él apenas sobrevivía con lo que le dejaba una docena de gallinas— y amistad. Tan amigos se hicieron que sólo el viejo sabía los motivos por los cuales al Gitano le agradaba tanto regresar a Loma Grande.

3

Fueron las mentiras —no las cervezas— las que embriagaron por completo a Ranulfo Quirarte «la Amistad». Había inventado lo del Gitano y Adela para dominar la plática, para tantalear la atención de todos, para por fin modelar un chisme a su gusto. Sus mentiras lo habían sumido en una borrachera irremediable, una borrachera de falsedades de las que ya no podía, ni quería zafarse. Tan embriagadoras resultaron sus mentiras que hasta él las tomó por ciertas. Ya lo otro —lo realmente sucedido— no contaba. Ahora valía lo suyo.

Sólo él sabía que no estuvo lampareando por los potreros cercanos al río, sino al lado contrario, entre las huizacheras que rodean las faldas del Bernal. Sólo él sabía que el torso semidesnudo, los senos al aire y el rostro azorado que iluminó en la noche pertenecía a Gabriela Bautista y no a la muchacha a la cual le habían picado el corazón. Sólo él sabía que a quienes había visto bajo los destellos de luz eran una pareja de adúlteros lamiéndose el deseo, no a un asesino jaloneándose con su víctima. Sólo él y nadie más lo sabía.

Ranulfo intuyó que el engaño que había desenjaulado se haría cada vez más fiero y peligroso y que ya no habría modo de domesticarlo. Había emborrachado a los demás hombres del pueblo con sus mentiras: a ojos de todos el Gitano era el culpable. Esta era la nueva verdad y Ranulfo tendría que creérsela por siempre.

4

Sintió que un alacrán le caminaba por las costillas y azotó un manazo contra su pecho, sólo para descubrir que una resbaladiza gota de sudor era lo que en realidad lo había despertado. Abrió los ojos varias veces tratando de sacudirse la pesadez del sueño. Ya despabilado tardó unos segundos en ubicar dónde se encontraba, hasta que el chapaloteo del agua contra las piedras se lo recordó. El Gitano enderezó su rostro y miró al sol reflejado en el charco de transpiración que le anegaba el vientre. Se incorporó torpemente, apoyándose lo menos posible sobre su adormecida pierna izquierda. Una brisa ligera sopló desde la presa y el Gitano revolvió la cabeza para secarse el sudor que le aguaba la nuca. Levantó la vista al cielo y calculó que era pasado mediodía. Había dormido al menos cinco horas. Tanto tiempo de cara al sol le había resecado los labios. Se los humedeció con saliva y con saliva también restregó sus párpados ardidos. Se sobó el muslo para tratar de quitarse el cosquilleo de su pierna entumecida. Largo rato se masajeó. Intentó acordarse de algún sueño, pero ninguno se le vino a la mente. Sin embargo los besos de Gabriela Bautista persistían con tal frescura sobre su lengua que supuso que era con ella con quien había soñado.

El Gitano se quitó el pantalón, corrió hasta la orilla de la presa y de un clavado se hundió en el agua —que aunque tibia— lo alivió un poco del calor que comenzaba a exasperarlo. Se puso a flotar boca arriba, contemplando a los somorgujos que volaban a ras del chuvenal.

Retozó en la presa hasta que le dio hambre. Salió del agua y se paró sobre una piedra a secarse con los rayos del sol. A lo lejos escuchó el tráfago de unos tractores barbechando la tierra. El ruido le gustaba: le recordaba el rugir de los remolcadores tirando de los barcos en la bocana del puerto. Se vistió y caminó hacia la camioneta. Abrió la portezuela del conductor, encendió la radio y buscó sintonizar una estación. Recorrió el espectro del cuadrante y topó con una radiodifusora de Tampico que solía oír de niño. Le subió al volumen y se dirigió a la parte de atrás de la camioneta. Hurgó dentro de una caja, sacó una lata de atún, otra de chicharros, un frasco de mayonesa, uno de chile chipotle y una bolsa de pan Bimbo. Se preparó un sandwich con cuatro rebanadas de pan que devoró rápidamente. Destapó un Squeeze de toronja y se fue a sentar encima del cofre a tomárselo. En la radio trasmitían «La Hora de los Adoloridos». Pensó que a los verdaderos hombres no los abandonaba nunca una mujer y que «los adoloridos» eran una sarta de pendejos incapaces de descifrar los deseos femeninos. El locutor —que opinaba en contrario— no cesó de alabar a «esa casta de nobles y generosos hombres que aun sufriendo permiten que su mujer siga su propio camino».

En tanto el locutor peroraba sobre «el sabroso dolor del amor perdido», el Gitano rememoró la noche anterior: cada noche con Gabriela era más intensa y cada noche intensa Gabriela se sentía culpable y le pedía al Gitano que la dejara en paz, y él se largaba de Loma Grande y Gabriela Bautista quedaba en paz, enredada en su paz, asfixiada en su paz, esperando ávida la noche en que el Gitano volviera a arrebatarle su paz.

«Son las dos de la tarde con cincuenta minutos y ahora escuchemos "Yo ya no me arrimo a ese árbol" con los Huracanes del Bravo» dijo el locutor con voz melosa.

De un salto el Gitano bajó del cofre, sorbió el resto del refresco y montó al volante. Era más tarde de lo que pensaba. Tenía que manejar hasta San Fernando a recoger un contrabando de grabadoras portátiles. Si no se apuraba llegaría al anochecer y ya no encontraría al traficante que le despacharía la remesa. Restablecer el contacto le sería difícil.

Apagó la radio y echó a andar el motor. Empezó a girar el volante hacia la derecha cuando de pronto se detuvo. Se quedó pensativo unos instantes. Los besos de Gabriela aún no se diluían de su boca. Ninguna mujer lo había alebrestado tanto: la soñaba a diario, seguido pensaba en ella y su carne la reclamaba precisamente a ella.

Paulatinamente torció el volante hacia la izquierda rumbo al camino que en línea recta desembocaba en la calle principal de Loma Grande. Apretó el acelerador con la mente firme en una idea: robarse a Gabriela Bautista y recluirse con ella en Tampico. Arrancó la camioneta con decisión. Llevaba recorrido un kilómetro cuando frenó con brusquedad. Contempló fijamente el horizonte. Respiró hondo, metió reversa, viró la camioneta en redondo y marchó hacia la dirección opuesta.

5

Pedro Salgado se deslizó por la puerta y entró a la casa. Gabriela Bautista lo miró absorta, con el terror suspendido en la órbita de sus ojos. Pedro era un hombre de brutalidad pausada y ella lo sabía. Si la mataba lo haría sin aspavientos. Como la vez en que con un único y discreto golpe de guadaña desfloró la garganta de un muchacho de otro pueblo que insistió en mirar lascivamente a la misma Gabriela y que no murió gracias a la milagrería de un médico de rancho que a falta de instrumental quirúrgico lo cosió con un anzuelo de pescar. No, Pedro Salgado no era un hombre que se tentara el corazón. Lo había demostrado en esa y en otras muchas ocasiones. Pese a todo Gabriela lo consideraba un buen marido: cariñoso, trabajador, responsable y borracho exclusivo de fin de semana. Jamás le había puesto una mano encima, no obstante la amenazaba con descuartizarla a la primera infidelidad que saliera a flote. Amenaza que —Gabriela lo sabía— Pedro cumpliría cabalmente.

Pedro observó a su mujer arrodillada detrás de la cama y le espetó un sonoro «¿qué haces ahí?» que Gabriela interpretó como el prólogo de una tranquiza salvaje.

—Estoy buscando unos calcetines —contestó apenas.

—¿Y ya los encontraste?

Gabriela sólo atinó a responder con un débil «no».

Pedro caminó hacia la mesa y se sentó en un banco de madera.

—Dame un café y hazme unos huevos que tengo hambre.

Gabriela miró medrosa a Pedro. Se levantó, sirvió el café en una taza y se lo entregó. Pedro lo endulzó con cuatro cucharadas de azúcar y empezó a bebérselo despacio.

—¿En dónde estuviste todo el día? —preguntó sin emoción.

Gabriela derramó la botella de aceite que tenía entre las manos y se volvió hacia Pedro. Buscó en su mirada el resabio de una furia contenida, pero únicamente encontró la expresión abotagada de dos días de borrachera continua. Con las cejas levantadas y la boca abierta, Pedro esperó la respuesta.

—No he salido de la casa desde anoche —dijo Gabriela con un aplomo extraído de la nada.

Pedro ojeó a su mujer de arriba abajo.

—Entonces ¿no sabes? —preguntó con cierto dejo de incredulidad.

El miedo retornó a Gabriela. No supo si Pedro la tanteaba para provocarla a mentir, o si en realidad la interrogaba inocentemente. La duda la aterrorizó.

—¿Saber qué? —preguntó con la voz entrecortada.

De estar sobrio Pedro hubiera percibido de inmediato el nerviosismo de su mujer, pero el manso sopor de su embriaguez sólo le permitió decir:

—Que mataron a la novia de mi primo Ramón.

Gabriela pudo sentir que el miedo se le disipaba poco a poco y le toleraba al fin articular sin temblarle la voz.

—¿De cuál Ramón? ¿El de la tienda?

Pedro asintió. Aliviada Gabriela le dio la espalda y comenzó a cocinar los huevos. Cansado como estaba, Pedro se fue resbalando sobre la mesa hasta quedar casi acostado. Gabriela terminó de freír los huevos, los puso en un plato y los colocó frente a su esposo. Pedro los olfateó y se restregó el rostro con ambas manos para avivarse.

—Pásame un bolillo —pidió. Gabriela cogió uno de la bolsa y se lo entregó. Pedro lo desmenuzó y con un pedazo picó la yema.

Gabriela notó que Pedro sólo llevaba camiseta.

—¿Y tu camisa?

Pedro se quedó con el trozo de pan a medio camino a la boca.

—Se la presté a mi primo —contestó después de unos segundos—, necesitaba una para el velorio.

—¿Y cómo se llamaba la novia de Ramón? —preguntó Gabriela pretendiendo candor.

—Adela —contestó Pedro.

Gabriela repasó mentalmente el nombre.

—¿Adela?

—Sí —acotó Pedro— pero no creo que la conocieras, era de las nuevas.

—No, no la conocía.

Pedro prosiguió con su tarea de sumergir el pan en la yema para después comérselo con evidente gusto.

Gabriela examinó cada uno de sus movimientos en busca de la posible revelación de unos celos resguardados, pero no halló en ellos ningún indicio. Tranquila hizo la última pregunta.

—¿Ya saben quién la mató?

Pedro apresuró un trago de su café para contestar con prontitud y salpicando las palabras respondió:

—Sí . . . el Gitano . . .

Gabriela Bautista quedó muda y volvió a sudar un sudor de adentro.

CAPÍTULO IX

La noche de los demás

I

Durante toda la noche no pudo Astrid Monge quitarse el frío de los ojos, ni arrancar de su mirada la tenaz silueta del cadáver de su amiga. No quiso cenar: perduraba aún en ella el olor a cuero rancio borbotado por Adela. Su madre, al verla tan mortificada, quiso aliviarle la desazón plantándole compresas de toloache sobre las sienes. No lo consiguió: su hija traía clavada la ácida sensación de la muerte.

Adela se había esfumado de un instante a otro y Astrid —de no ser que al vestirla sintió que se le helaba entre las manos— todavía no lo hubiera creído. La muerte de Adela le había abierto un hueco en su vida. Aun cuando tenían poco tiempo de conocerse había arraigado en ambas una amistad cómplice. Se platicaban cosas que nunca imaginaron podían platicarse entre mujeres. Astrid inició la ronda de confidencias: habló de lo que ella consideró más íntimo: sueños revoltosos, deseos inesperados. Pronto sus secretos nimios de adolescente fueron superados por las voraces historias de Adela. Con sus maneras mesuradas la taciturna fureña había sabido disimular la sangre caliente que le trotaba por las venas. Poco a poco le fue revelando a Astrid las ansias amorosas que la corroían, aunque nunca el nombre de quien le dejaba marcado sobre su cuerpo lo que ella llamaba «huellas de pasión»: rasguños, mordidas, círculos morados justo abajo de los pezones, entre los pliegues del abdomen, en medio de los muslos, en la parte de la nuca que esconde la cabellera y que Astrid contemplaba asombrada cuando Adela se las exhibía con jactancia de hembra satisfecha.

«Estoy enamorada, encanijadamente enamorada» repetía Adela a cada momento sin soltar prenda sobre la identidad de su amante. Tardó Astrid en entender que Adela andaba con un hombre casado con el cual se enroscaba todos los días —justo antes del amanecer— en la espesura de los matorrales que crecían sobre la ribera del río.

Los padres de Adela supusieron un romance de su hija. Evidente, no sólo por sus cambios de humor y una alegría despierta, sino porque no pocas veces la madre leyó las cartas que Adela le escribía a su enamorado fantasma y que inocentemente ocultaba bajo la colchoneta del catre en el cual dormía. Devotos católicos que previnieron a sus hijos sobre los peligros y las malas obras del pecado, nunca sospecharon de los gozosos orgasmos con los cuales Adela inauguraba sus mañanas. Las cartas no indicaban tal posibilidad: redactadas de modo confuso más bien parecían referirse a una relación con un novio derecho y formal cuyas señas su hija se reservaba.

Una noche decidieron interrogarla para aclarar los motivos de su sigilo. A sus preguntas Adela respondió serena que el novio en cuestión era un muchacho del pueblo, de su misma edad, que la respetaba únicamente, que perseguía intenciones serias y al cual se los presentaría el mismo domingo en que la mataron.

Para salvarse del embrollo en que se había metido, Adela pensó solicitarle al hermano de Astrid que fingiera unos días como novio postizo. Pero por prudencia, pena y un poco de vergüenza, no se atrevió.

Los padres se bebieron de cabo a rabo el virginal cuento inventado por Adela. Sólo Astrid compartió con ella los secretos de su desaforada historia de amor y era la única en saber que Adela pensaba largarse con su amante anónimo a los anónimos parajes de la Sierra de Tamaulipas. No insistió en averiguar el nombre: las ganas por saberlo se las quitó Adela con su inmutable negativa por proporcionárselo. No retornó a ella la curiosidad sino hasta el momento en que supo que la habían asesinado y en su cabeza rodaron una gama de identidades posibles. Sin embargo descartaba a cada uno de los tipos en quienes pensaba: no se adecuaban a la descripción que Adela había hecho de su hombre. Y es que Adela no lo había representado con los calificativos elementales: alto, güero, guapo, moreno, flaco, gordo, sino con los más contundentes: bravo, cabrón y muy querendón. Tres adjetivos difíciles de portar por cualquiera.

Supuso Astrid que Ramón Castaños era quien finalmente se había prestado para servirle de coartada a Adela. Pintaba bien para el engaño: personificaba al tímido novio referido por ella. Al parecer los padres se habían creído la argucia y por ello lo consecuentaban, yendo con él de un lado a otro como si fuese uno de los dolientes más cercanos.

Descansó Astrid de perseguir identidades cuando en la madrugada llegó su hermano. Provenía de la tienda y llevaba a su casa la inaplazable noticia: que el Gitano había asesinado a Adela. De momento Astrid se destanteó: no ubicó al Gitano como el posible amante de su amiga y por tanto como su verdugo más viable. El Gitano no era casado ni vivía en Loma Grande y Adela le presumió siempre que su hombre le hacía el amor a diario. Pero él era, sin duda, el único en el pueblo que cuadraba en el fugaz retrato elaborado por Adela.

2

La viuda Castaños trató de moverse lo menos posible para evitar que los de afuera percibieran el crujir de la mecedora que había pegado junto a la pared para escuchar la plática. Ese domingo por la noche la mayor parte de las frases reiteraron la culpabilidad del Gitano, hasta que una frase despuntó entre las tantas dichas al calor de las cervezas: «tienes que vengarla... mátalo» sentenció una voz oscura: la de Torcuato Garduño. La viuda dedujo que la frase iba dirigida a su hijo y asomó su oído a la rendija por la cual espiaba. Escuchó primero el silencio de Ramón y después un coro de risas. No adivinó en principio lo que sucedía pero infirió que Torcuato bromeaba y que los demás se burlaban de la lividez del rostro de Ramón. Así fue. Parecía imposible que Ramón tuviera el valor suficiente para fajarse un agarre con el Gitano. Ramón lo sabía y los demás también, porque en realidad pocos se atreverían a ello. A fuerza de exhibir sus ocho cicatrices mortales —las cinco por machete y las tres por bala— el Gitano se había forjado el mito de invulnerable. «Tiene doble pellejo —decían— por eso aguanta tanto». Además rumores inciertos y remotos le rubricaban la muerte de cuatro hombres. Pero por encima de ello, Loma Grande era al fin un pueblo de ley y hacía mucho tiempo que nadie hacía justicia por cuenta propia.

—Carmelo Lozano se va a hacer cargo de ese cabrón —decretó Justino Téllez.

La viuda Castaños escuchó la sorda aprobación de los demás. Se alegró: no quería ver a su hijo inmiscuido en un pleito de antemano perdido. Alejaba la oreja de su espiadero —satisfecha de la resolución de Justino— cuando la voz terrosa de Marcelino Huitrón la hizo pegarse de nuevo a la pared.

—No seas rajado —le espetó a Ramón— mata a ese hijo de la chingada porque Carmelo Lozano no le va a tocar ni un pelo.

Ya no hubo ni risas ni burlas. A Marcelino le habían atropellado a un hijo y al responsable lo había liberado Carmelo después de pedirle un millón de pesos de mordida. Lo mantuvo en la cárcel apenas medio día.

—Carmelo y ese cabrón son socios —recalcó Marcelino y era cierto: el Gitano le pagaba al comandante una iguala mensual por permitirle introducir contrabando en la zona sur de Tamaulipas.

—No le va a hacer nada —insistió—, Lozano no le tuerce el pescuezo a las gallinas de su gallinero.

Justino Téllez quiso intervenir. Desde siempre había

propugnado por evitar que los crímenes se resolvieran por vía de la violencia. Había presenciado la matazón entre los Jiménez y los Duarte y sabía que la venganza no apaciguaba enemistades sino al contrario: se habían exterminado ambas familias sin dirimir las diferencias. Estaba convencido de que era mejor la cárcel que derramar sangre.

Cuando Téllez trató de hablar Marcelino lo calló.

—No andes de chillón, Justino —le dijo plantándosele cara a cara—, que hay cosas que se tienen que arreglar a lo macho.

Dio media vuelta y clavó su mirada en la de Ramón.

—Y si tú no eres lo suficientemente hombrecito para matarlo lo mato yo —le dijo sin titubear.

—No te aceleres Lino que esto no es asunto tuyo —terció Justino Téllez— y si es cosa de hombres deja que Ramón se rasque con sus uñas.

Marcelino asintió pesadamente con la cabeza.

—Ándale pues —dijo— ya me voy a callar, sólo quiero hacer una última pregunta.

Los demás se volvieron a mirarlo, expectantes. Marcelino clavó de nuevo sus ojos sobre el rostro de Ramón.

—Y tú ¿qué chingados vas a hacer? —le preguntó a bocajarro.

Se hizo un silencio profundo. Desde su mecedora la viuda quiso gritar un «¡dejen en paz a mi hijo!», pero apenas logró barruntar un inaudible «válgame Dios».

A Ramón la pregunta le palpitó en el estómago. No tenía escapatoria: la pregunta no daba pie más que a una respuesta. Tragó saliva: o era hombre para siempre o ya no lo sería jamás.

—Lo voy a matar —contestó sacudido por un ardor en la garganta— lo voy a matar en cuanto lo vea.

Marcelino levantó la botella de cerveza que traía en la mano.

—Salud —masculló.

Justino Téllez palmeó a Ramón en el hombro.

—Está bien —le dijo.

Había triunfado la sangre y él no iba a hacer nada por impedir que corriera: Ramón debía rascarse con sus propias uñas.

3

Un ratón pasó corriendo por encima de la mesa, cogió un pedazo de tortilla abandonado sobre un traste sucio y huyó descolgándose por la pata de un banco. Natalio Figueroa lo observó hasta verlo escabullirse por una grieta debajo del ropero. Eran las tres de la madrugada y Natalio aguardaba el posible anuncio que delatara al asesino de su hija.

De niño su madre solía afirmarle que las malas noticias eran nocturnas. Ahora Natalio desechaba tal aseveración: él todas las había recibido a plena luz: a las once de la mañana de un domingo de junio le habían dado aviso de que su hijo Erasmo regurgitaba sus últimos suspiros tendido en una calle lodosa con el cráneo agujereado por una bala disparada a locas por un ebrio inconsecuente que remataba una noche de parranda a pistoletazos; a las ocho de la mañana de un sábado de abril llegó a la puerta de su casa la noticia de que su hijo Marcos se había despatarrado contra unas piedras al caer de un caballo enloquecido, pulverizándose el frágil cordel de huesos que unía su cuello a la cabeza, y el día anterior, a las tres de la tarde y para corroborar que era diurno el mal agüero, Evelia les había informado que el cadáver de su hija se hallaba botado como trapo a orillas de un sorgal.

Bebió un sorbo de café frío y aguado. Su mujer dormitaba balbuceando pesadillas. Natalio la observó impávido. Ya no tenía fuerzas para ir a consolarla, ni siquiera ganas de vivir. Sólo lo confortaba la posibilidad de conocer la filiación del homicida para ir a rasgarle un surco de cuchillo en el pecho.

Natalio percibió en la habitación un ligero e insistente golpeteo. Escudriñó la mesa y encontró una palomilla que —batiendo furiosa las alas— rebotaba terca contra la tapa de una olla de peltre. Natalio la tomó entre sus dedos, le arrancó las alas y la arrojó al suelo. La palomilla avanzó unos centímetros por la tierra apisonada y se perdió en las sombras.

Con un soplido se sacudió Natalio el polvillo que el insecto le había dejado en las manos. Ladraron los perros del vecino. Natalio se incorporó y se asomó por la ventana. No logró distinguir en la oscuridad quién venía pero supuso que eran quienes le acarreaban el santo y seña del asesino.

Se apostó detrás de la puerta a esperar a que llamaran. Nervioso despertó a Clotilde con un silbido. La mujer se levantó alarmada.

—¿Qué pasó? —preguntó con la mirada aún opaca por el sueño.

Natalio le señaló la puerta. Sin comprender lo que sucedía, se calzó unas chancletas y caminó hasta su marido.

—Buenas noches —pronunció una voz al otro lado. Natalio abrió y se encontró con dos desconocidos a los cuales no recordó haber visto en el sepelio. Los examinó antes de contestar el saludo.

—Buenas —dijo secamente.

Uno de los hombres alzó una bolsa de plástico y se la ofreció.

—Aquí les traemos este *lonche* para que cenen.

Natalio se desconcertó con la imprevista cordialidad de los visitantes. Cogió la bolsa y agradeció con un susurro. Natalio y los dos hombres se quedaron callados. Desde el interior de la casa Clotilde los invitó a pasar:

—¿No gustan un café? —les preguntó.

Los hombres entraron y se sentaron a la mesa. Clotilde abrió el envoltorio y vació su contenido —seis tacos de huevo revuelto con papa y cebolla— sobre un platón. Natalio, sin hambre, se esforzó en comer uno para no mostrarse grosero. Los demás tacos se los devoraron los extraños, pretextando llenar el estómago para contrarrestar los efectos de las cervezas que acababan de beber.

Ninguno de los dos desconocidos mencionó nada sobre el crimen. Se dedicaron a preguntarse uno al otro sobre el número de borregas que les había matado el coyote, sobre las fechas de los próximos bailes a realizarse en Xico, sobre las elecciones para nuevo comisario ejidal y sobre el nivel de la presa en épocas de secas. Parecía que habían ido a casa de Natalio exclusivamente a continuar una charla añeja.

Clotilde y Natalio los escucharon pacientemente hora y media hasta que uno de los extraños decidió que era momento de irse. Desalentado porque en su diálogo los hombres no habían infiltrado el más mínimo dato sobre la identidad del asesino, Natalio se levantó a despedirlos.

—Buenas —les dijo.

—Buenas —le contestó el más amable de los desconocidos y se le quedó mirando.

—¿Qué hay? —preguntó Natalio con ansiedad.

El otro discurrió unos momentos su respuesta.

—Nada, sólo le queríamos decir que ya sabemos quién les mató a su muchachita.

Un hedor sacudió a Natalio:

—¿Quién? —preguntó tratando de dominar su agitación.

—Uno al que dicen el Gitano . . .

Como viera el hombre que Natalio no daba muestras de conocerlo, agregó:

—Es el que trae una Dodge negra.

La rabia le cimbró las sienes a Natalio. No sabía de quién hablaban pero iría a buscarlo. Sólo tenían que decirle qué camino tomar.

—¿Dónde vive?

El hombre tronó los labios.

—No se le halla por estos rumbos . . . no es de por acá.

—Es cabrón el mentado Gitano —añadió el otro hombre—, tiene cuentas regadas por varias rancherías.

—Pues ésta se la cobro yo —aseguró Natalio—, porque a ese hijo de la chingada lo voy a matar.

El hombre meneó la cabeza.

—¿No qué? —preguntó espoleado Natalio.

—Que ya se le adelantaron —dijo el hombre—, porque no hace mucho rato que el que se apalabró para matarlo fue Ramón Castaños.

—Él no tiene deber —sentenció.

El hombre volvió a menear la cabeza.

—El muchacho ya juró y va a quedar mal si no cumple . . . y sí tiene deber porque pensaba casarse con su hija.

La respuesta tranquilizó al viejo: si Ramón se había acomedido a vengar a Adela él debía respetar su determinación.

—El Gitano se peló lueguito —agregó el hombre— pero Ramón prometió chingárselo.

—Ahí lo busco yo después para darle las gracias —dijo Natalio.

4

La primera vez que el Gitano la abrazó, Gabriela Bautista se asustó, no por lo que él había hecho, sino por lo que ella misma había sentido. El hombre le había enlazado por la cintura, tomándola por sorpresa cuando regresaba de darle pastura a las chivas en el corral situado en el baldío de atrás de su casa. Intentó zafarse. Pedro, su marido, no tardaba en llegar en el camión de redilas que transportaba a los pizcadores de algodón de regreso de las plantaciones del Salado. El Gitano la inmovilizó, más con palabras que por la fuerza.

—Si quieres te suelto —le dijo.

Ella dejó de forcejear. Sus miradas se habían cruzado las suficientes veces para que ambos entendieran que ese abrazo no era fortuito. Sin embargo, el lugar y la hora lo convertían en una maniobra inoportuna y peligrosa. Gabriela no quería desprenderse de aquel hombre que la estrujaba, tampoco tenía la intención de provocar una calamidad. No encontró mejor remedio para entibiarlo, sin rechazarlo, que desguanzar el cuerpo y perder la mirada en el infinito.

El Gitano no supo cómo interpretar la súbita languidez de la mujer que se le resbalaba entre los brazos. Respondió estrechándola con mayor ímpetu. Ella se mantuvo igual, sin ofrecer resistencia. Él la soltó desengañado, sin adivinar que— bajo su frialdad— Gabriela velaba un deseo que la sofocaba.

—Mejor me voy —masculló el Gitano entre molesto y avergonzado.

Sin cambiar en lo absoluto la expresión de su rostro, Gabriela le dijo:

—No me sueltes.

Ofuscado el Gitano se volvió hacia ella y la besó en los labios. Por inercia Gabriela alzó las manos y asió el torso del hombre. Bajo la tela de la camisa regada en sudor palpó la cordillera de cicatrices que ondulaba su espalda. Se excitó profundamente. La espalda peñascosa le pareció imponente y viril. Tensó su cuerpo, lengüeteó la boca amarga del Gitano y lo apartó de sí.

—¡Vete! —ordenó.

Caldeado, el Gitano quiso estrecharla de nuevo, pero Gabriela interpuso enérgica sus antebrazos.

—Vete —repitió—, que no tarda Pedro . . . Después nos vemos.

Él partió satisfecho: Gabriela ya no se le escaparía. Ella se quedó parada en medio del solar, soportando el calor que se le desataba entre las piernas.

Esa noche no cesó de pensar en la espalda rajada por cicatrices, como tampoco dejó de hacerlo, dos años después, la noche en que Pedro le reveló que el Gitano era el asesino de Adela Figueroa. Sólo que ahora la imaginó distinta: no como la espalda que tantas veces había tremolado placer sobre ella, sino como la espalda de un hombre al que perseguirían hasta aniquilarlo. Esa era su pesadilla: que lo masacraran por la espalda, porque sólo por la espalda podían matarle: no había quien se le atreviera de frente.

Era imposible que el Gitano cometiera el crimen que le achacaban. Sólo ella lo sabía con certeza y sólo ella podía probar su inocencia. Pero confesar la verdad significaría exponerse demasiado, cambiar su vida por la de él. Tuvo miedo y pensó que nada podría hacer por salvarlo, nada. Se arropó con las sábanas y lloró. Recordó de nuevo la espalda, las horas juntos y las enormes ganas de estar con él. Nunca pensó que le dolería tanto su secreto. Cerró los ojos y trató de dormirse en la noche pegajosa.

5

Justino Téllez se retorció sobre la cama y de nuevo abrió los ojos. Le cabrioleaba la cabeza. No por los incontables cuartitos de cerveza Victoria que se había bebido, ni por las insomnes horas en una noche remojada en mosquitos y un calor viscoso, ni por el tanto trajín con lo de la muerta, sino por un pensamiento indefinido que traía fijado en la conciencia y le impedía dormir.

No tenía razón para estar tan intranquilo. Lo del crimen ya estaba resuelto: además de la de Ranulfo Quirarte, habían surgido diversas versiones sobre el proceder del Gitano que confirmaban su culpabilidad: Torcuato Garduño recordó verlo rondando la casa de Adela durante varias madrugadas; Macedonio Macedo aseveró encontrárselo afilando un cuchillo idéntico al hurtado a Lucio Estrada; Pascual Ortega narró los soeces piropos que el Gitano le lanzaba a Adela y a los cuales ella respondía con sonora indiferencia; Juan Carrera le escuchó hablar de los tremendos celos que le afiebraba una mujer del pueblo a la cual decía amar y cuyo nombre jamás mencionó; y Pedro Salgado afirmó notarle, de tiempo atrás, un comportamiento raro. Todo señalaba que el asesino era el Gitano.

Rayaban las nueve de la mañana y Justino —que se había tumbado sobre la cama a las cinco— aún no podía dormirse. Algo no concordaba: un detalle vago, fuera de lugar, que le azuzaba el insomnio y el cual Justino, vapuleado como estaba por la embriaguez, no conseguía descifrar.

Largo rato se revolcó entre las sábanas buscando amodorrarse y no lo logró. «Carajo —pensó— ¿qué me pasa?». Una sensación agria le recorrió la garganta y le raspó la lengua. Se caía de cansancio, pero la maldita idea que le atropellaba el sueño no terminaba por manifestarse. Si viviera su mujer ya le habría recetado un remedio para el mal dormir, pero era viudo y no tenía en su casa quien lo aconsejara.

Se incorporó todo zangaruto y dando traspiés llegó a un huacal que usaba como alacena. Revolvió el interior buscando algo que le quitara el desasosiego. Extrajo un bote de café instantáneo, una lata de leche en polvo, unos tamales envueltos, un pedazo de carne seca de caballo, unos tomates, unos chiles verdes, hasta que por fin dio con lo que necesitaba: unas semillas de ébano.

Las puso a hervir en un cazo. Al tornarse rojiza el agua, retiró el cazo de la hornilla y le agregó dos cucharadas de leche en polvo. Se bebió la infusión trago a trago hasta terminársela. Regresó a la cama y se recostó. El brebaje tuvo buen efecto y Justino comenzó a adormilarse. La idea que le martillaba el cráneo —aún confusa— se le vino de vez en vez a la mente, pero no le importó: la somnolencia dominaba.

Ya casi se dormía cuando de golpe una imagen se le dibujó entre sueños y le esclareció todo: la imagen de una huella que medía una cuarta y tres dedos: la huella del asesino. El pie del Gitano debía medir al menos dos dedos más. Sí, eso era lo que le revoloteaba en la cabeza y en eso fue lo último que pensó antes de quedarse súpito.

CAPÍTULO X

Cartas de amor

I

Por fin, después de mucho batallar, pudo Ramón Castaños dar con la palabra exacta que le ayudaba a expresar todo el caos que se le amontonaba desde el día anterior:

—Jaque —murmuró.

Torcuato Garduño y Jacinto Cruz, extraviados cada uno en sus monólogos de briagos, levantaron la cabeza al mismo tiempo.

—¿Qué? —preguntó Torcuato alargando las vocales.

—Nada —contestó Ramón.

Los otros dos lo miraron vidriosamente y retornaron a su verborrea. Ramón repitió para sí:

—Jaque —esta vez en un susurro tan apagado que ya no lo escucharon.

No sabía en realidad lo que «jaque» significaba, sin embargo, en una de las novelas del Libro Vaquero, el héroe de la historia —al verse cercado por una tribu entera de apaches— le gritaba estentóreamente a sus compañeros: «estamos en jaque». No recordaba Ramón el final del argumento, pero se le quedó grabada por siempre la palabra que sintetiza la apremiante situación de los protagonistas y que desde entonces utilizó para describir sus propios atolladeros.

—Estoy en jaque —pensó con gravedad, imaginándose como un vaquero rodeado de apaches. Pero mucho más en jaque estuvo cuando a las siete de la mañana, todavía de pie detrás del mostrador, sin dormir, atendiendo a las necedades de un par de borrachos y con el ánimo revolcado por su amorío con una muerta a la que por fuerza tenía que vengar, vio venir hacia la tienda a Natalio Figueroa.

Se guareció al lado del estante con la esperanza de pasar desapercibido y de que el viejo siguiera de largo. En vano, porque a quien Natalio buscaba precisamente a esas horas de la mañana, era a él.

El viejo llegó hasta el portal de la tienda y masculló un «buenas». Torcuato y Jacinto voltearon a verlo y al reconocerlo se levantaron torpemente. Ramón, por cuyos ojos hinchados asomaban las consecuencias del desvelo, respondió al saludo con una tímida inclinación de cabeza. Natalio Figueroa, con las manos metidas en los bolsillos del pantalón, se dejó caer sobre una silla y se puso a revisar el contenido de los anaqueles, como si estuviera indeciso en el artículo a comprar.

Torcuato y Jacinto volvieron a sentarse. A Ramón, Natalio le pareció más acabado que el día anterior. Daba la impresión de que en cada movimiento Natalio podía partirse en dos.

Ramón no quería trabar palabra con él, ni con nadie más. Anhelaba ir a la cama a dormir tres días seguidos.

—¿Ya desayunastes? —le preguntó Natalio con la intención de llevarlo a desayunar a su casa para poder conversar a solas con él.

—Sí —contestó con seguridad.

Torcuato Garduño barruntó una mirada sobre él.

—¿A qué horas si has estado aquí desde anoche? —inquirió remolcando las palabras.

Con su mano Ramón señaló un anaquel que contenía varias bolsitas con frituras.

—Estuve botaneando y se me quitó el hambre —mintió, porque en realidad se le enrollaban las tripas. Sólo había comido dos gansitos Marinela y unos churrumais, pero ansiaba desembarazarse pronto de Natalio y los dos borrachos. Ya no quería hablar, ni seguir de pie, ni darle más vueltas a lo de Adela. Estaba atosigado con tanto berinqueo.

Natalio comprendió que el muchacho se hallaba cansado y harto, pero tenía urgencia por verlo.

—Mi mujer preparó unos tamales de charal y me dijo que te invitara —añadió Natalio, con la certeza de que Ramón no rechazaría una proposición tan directa.

Ramón le dio la vuelta al mostrador, le pidió a Torcuato y a Jacinto que desocuparan las sillas, las guardó en la trastienda junto con las mesas, cerró la puerta y la aseguró amarrando un mecate en las argollas. «Ahorita vengo» le gritó a su madre, despidió al par de desvelados con un «nos vemos al rato» y «listo, vámonos» le dijo al viejo.

2

De camino a casa de los Figueroa, Ramón comenzó a sentirse mal. No sólo porque volvía a la habitación empapada aún por el aire de la muerta, sino porque a cada paso junto a Natalio imaginaba que quien iba a su lado era Adela misma. Ambos miraban igual, tenían gestos parecidos y hasta pisaban con un talante similar. Además las chicharras chirriaban de la misma manera y el sol quemaba del mismo modo que la mañana anterior en que había rozado con sus brazos la tibia piel de Adela. Así, paso a paso, Adela se le materializó: sonreía en la sonrisa de su padre, respiraba en su respirar, caminaba en su caminar. Incluso Ramón, que jamás le había oído más de dos frases juntas, la escuchó bromear, llorar, reír. Se detuvo a descansar a la mitad de la calle. Cerró los ojos y se masajeó la nuca. Lejos de desaparecer, la espectral imagen de Adela creció dentro de él. Creció tanto que volcó una mirada llena de desesperación hacia el viejo, que sólo acertó a preguntar:

—¿Qué te pasa?

La rasposa voz de Natalio rompió el hechizo y la figura de Adela se desbarató en el polvo de la mañana.

—Nada . . . no me pasa nada —contestó Ramón con un suspiro arrebañado.

Llegaron a la casa y Ramón entró a la habitación. Hasta a él llegó un aroma conocido: el del perfume de rosas que llevaba Adela cuando la encontró tumbada en la esquina del sorgal. Clotilde Aranda había vertido algunas gotas de la fragancia para borrar del ambiente los rastros del cadáver. El dulce olor floral desquició a Ramón: por la nariz se le había infiltrado de nuevo el fantasma de Adela. La vislumbró de golpe sobre el catre, desnuda, oliendo a rosas, levantando los brazos hacia él. «Es un sueño . . . estoy cansado» pensó y, resignado a padecer por algún tiempo la omnipresencia de la muerta, dejó a Adela recostada en el catre y se sentó a desayunar.

Clotilde sirvió los tamales acompañados de frijoles refritos y café negro. Ramón comió con prontitud, casi sin levantar la mirada del plato. Era tal su concentración en cada bocado, que Natalio y Clotilde decidieron no distraerlo y se concretaron a masticar su pena en silencio.

Al terminar, Clotilde retiró los trastes. Limpió cuidadosamente la mesa, sin dejar nada en su superficie. Ceremonioso Natalio se levantó y fue por una caja de cartón. La colocó sobre sus piernas, la abrió y sacó un manojo de papeles. Con delicadeza separó uno.

—Son las calificaciones de Adela cuando cursaba el quinto de primaria —señaló. Estiró su mano y le entregó a Ramón la hoja amarillenta.

—Era buena para la estudiada . . . la profesora decía que era la más aplicada de la escuela —continuó Natalio con una tenue expresión de orgullo.

Antes de mirar los múltiples nueves y dieces en Español, Matemáticas, Ciencias Sociales, Ciencias Naturales, Ramón contempló la fotografía de Adela engrapada en la parte superior de la boleta. Era una fotografía arrugada y opaca, en blanco y negro, y a tres cuartos de perfil. Adela aparecía seria, peinada hacia atrás, con la frente despejada y los ojos claros dirigidos a un punto impreciso.

—Ahí tenía trece años —acotó Clotilde—, y era la más alta de su clase.

Ramón volteó a verla para hacerle una pregunta insustancial, pero la mujer había enmudecido y ya no le prestaba atención. Algo había cruzado por su mente dejando sobre su rostro una mueca lejana e infantil. Ramón examinó de nuevo el retrato. Adela no portaba aretes. Tampoco se le notaba pintura en los labios ni delineador en las pestañas. Sobre su cuello pendía una delgada cadena que se ocultaba entre los pliegues de la blusa: una blusa blanca. Se preguntó Ramón si el día en que la fotografiaron llevaba puesta una falda amarilla. No podía imaginarla vestida de otro modo que como la tarde cuando la conoció.

Natalio registró en la caja y sacó otra fotografía: una instantánea a colores, deslucida y lechosa, en la cual Adela se hallaba sentada al centro de una banca de hierro con un kiosko al fondo.

—Esta fue la última foto que le tomaron —dijo el viejo con la voz quebrada— fue un poquito antes de que nos viniéramos para acá.

—¿Dónde es? —preguntó Ramón.

—En la plaza principal de León, el día de su cumpleaños —contestó Clotilde.

Ramón quiso preguntar la fecha, pero no se atrevió. Adela sonreía en la foto. Ramón jamás la vio sonreír. Tampoco supo jamás la fecha de su cumpleaños.

3

Entre fotografías, rizos de cabello, boletas de calificaciones, muñecas rotas, tarjetas de navidad, medallas escolares, transcurrió la mañana de Ramón. Clotilde y Natalio intentaron recuperar con retazos —más para sí que para Ramón— a su hija.

Al principio Ramón los escuchó con interés: el desayuno le había repuesto el ánimo. Pero al promediar el mediodía se sintió agobiado por la fatiga. Aturdido escuchó los relatos de los viejos. Varias veces pidió café cargado. Quiso alejar la pesadez y —sobre todo— evitar que Adela se metamorfoseara en el rostro de su padre. En tres ocasiones intentó marcharse, pero los viejos envolvían la despedida en largos recuerdos, haciéndola infructuosa. A la cuarta —decidido Ramón a irse— Natalio lo contuvo con un «espérame un tantito». Se dirigió al armario y regresó con un fajo de cartas que colocó sobre la mesa.

—Son tuyas —le dijo.

Ramón miró las cartas, turbado.

—Mías, ¿por qué?

—Te las escribió Adela —contestó el padre.

Ramón —que en su afán por partir ya se había puesto de pie— volvió a sentarse. Clotilde intervino:

—Ya Adela nos había hablado de ti.

El corazón de Ramón trepidó rápidamente. Debía haber algún error: él realmente no tenía nada que ver con ella.

La mujer cogió el fardo y lo depositó en sus manos.

—Llévatelas —ordenó suavemente—, son cartas de amor.

Ofuscado Ramón quiso devolverlas. Clotilde las rechazó con firmeza.

—Mi hija te quería bien, no la desaires ahora que está muerta —dijo agriamente.

—Son tuyas —reiteró Natalio al ver el recelo del muchacho—, te las escribía por las noches, cuando pensaba que ya estábamos dormidos.

Ramón tomó el paquete. Aunque se resistía a creerles, no sospechó que los viejos quisieran engañarlo.

Se despidió, pero antes de retirarse Natalio lo detuvo.

—Gracias —le dijo.

—¿De qué? —inquirió Ramón vacilante.

—Por querer a mi hija y por quitarme de encima la carga de tener que matar a un hombre.

Se alejó lo más que pudo de Loma Grande, corriendo a zancadas por entre la breña con las cartas bajo el brazo. Buscó un lugar sombreado donde sentarse tranquilamente a leer. Escogió una piedra empotrada bajo el tronco de un mezquite. Las cartas, cerca de cincuenta, venían metidas en sobres sin sellar y todos los pliegues, sin excepción, se encontraban impregnados del perfume a rosas.

Empezó a hojearlas al azar. La mayor parte traía como destinatario a un anónimo «mi amor». El resto ni siquiera eso. Dibujos de flores y corazones con la leyenda «tú y yo» remarcaban las páginas. Algunas estaban escritas con caligrafía esmerada y rimbombante, otras garrapateadas con rayones ininteligibles. La sintaxis era desigual y caótica: una revoltura de frases inconexas. Pronto cayó Ramón en la cuenta del porqué: Adela había combinado sus propias oraciones con estribillos de melodías de moda copiados de los cancioneros del *Notitas Musicales*. Tanto desorden daba pensar que se trataba de mensajes en clave para un amante que bien pudiera ser el mismo Gitano. Así lo hubiera creído Ramón de no haberse topado con cinco líneas que le quitaron el mareo de la duda:

> *Hoy te conocí en la tienda. Tú eres el hombre de*
> *mi alborada. Me gustas mucho. Volveré cien veces*
> *a la tienda sólo a verte. Quiero ser la única en las*
> *fronteras de tu amor.*

Bastó ese párrafo para que Ramón enmendara su lectura descuidada. En adelante halló un sinnúmero de referencias ocultas que coincidían con las tres ocasiones en las cuales se habían encontrado frente a frente. En ellas Adela aludía a detalles conocidos sólo por ambos. Ya no le cupo sospecha: Adela lo había amado secretamente. Ahora él tenía que corresponderle.

4

Clotilde Aranda y Natalio Figueroa sesteaban hundidos en un sopor interminable cuando llamaron a la puerta. Natalio abrió una de las cortinas y vio a Ramón parado junto a la casa.

—¿Qué pasó? —le preguntó desde la ventana.

Ramón se acercó. Llevaba consigo el fajo de cartas. Se le veía agitado y sudoroso.

—Vengo a pedirle un favor —dijo.

—¿Cuál?

Ramón se aproximó aún más y tomó aire. Su silueta quedó a contraluz.

—Que me regale una foto de Adela.

El viejo —deslumbrado por el sol de las cinco de la tarde que destellaba detrás de Ramón— negó con la cabeza.

—Las que viste son las únicas que tengo.

—Lo sé, pero yo no tengo ninguna —protestó Ramón.

Natalio caviló. No quería desprenderse de ninguna de las ocho fotografías que conservaba de su hija: era lo más vivo que les quedaba de ella.

—No —asentó con determinación.

Clotilde llegó hasta ellos. Alzó la mano. Entre sus dedos venían los ocho retratos acomodados como baraja de póker. Natalio se volvió a mirarla con reproche, no obstante ella dijo:

—Te presto una.

Ramón las recorrió: Adela a los tres años en el regazo de una anciana, a los cinco junto con otros niños, a los diez saludando a su padrino, a los once en su primera comunión, a los once frente a los portones de una iglesia junto a un cura y sus padres en su primera comunión, a los catorce asomando la cabeza por la ventanilla de un autobús, a los quince en una ceremonia escolar, y a los quince sentada en una banca de hierro el día de su cumpleaños. Natalio le había relatado la historia de cada retrato: donde lo habían tomado, junto a quién, la fecha, el motivo.

Clotilde abrió el abanico.

—Escoge —le dijo a Ramón.

Ramón las miró de nuevo de izquierda a derecha y de derecha a izquierda.

—No quiero ninguna de éstas —dijo.

Clotilde se alzó de hombros.

—¿Entonces de cuáles? —preguntó confundida—, no tenemos otras.

Encandilados aún por el sol a espaldas de Ramón, no lograron verle señalar la caja que seguía sobre la mesa.

—Aquélla —dijo.

Clotilde ojeo la habitación.

—¿Cuál? —inquirió.

—La que viene pegada en la boleta.

Clotilde fue por la fotografía. La desengrapó con cuidado para no romperla y se la entregó no sin antes advertirle:

—Es prestada.

—Y con «v» de vuelta —agregó Natalio.

Regresó a su casa. Saludó a su madre con un *quiubo* y fue a echarse sobre su cama. Aunque extenuado releyó todas las cartas. Ninguna traía fecha, pero él trató de acomodarlas en orden cronológico. Con un lápiz dibujó sus propios corazones y para que no cupiera duda de quién era el destinatario de las cartas, las rellenó con infinidad de «Ramón y Adela». Sacó la fotografía de la bolsa izquierda de la camisa que le había prestado Pedro. La admiró largamente. De momento olvidó que Adela era ya un pedazo de carne inerte bajo tierra. Lo olvidó porque la vio sentada junto a él en la cama, con el cabello recogido hacia atrás, acariciándolo con una sonrisa. Lo olvidó porque ya estaba dormido y soñando.

CAPÍTULO XI

Una cuarta y tres dedos

I

Justino Téllez se despertó azarado por el tronadero de uno de sus propios ronquidos.

—¿Quién anda ahí? —gritó.

Se irguió y registró minuciosamente el cuarto. Al no hallar a nadie pensó que el ruido lo había hecho algún gato. Se pasó la mano por la cabeza y sus dedos quedaron humedecidos. Un calor untuoso anegaba la casa: se le podía palpar como aceite en el aire.

—Carajo —musitó.

Se había dormido con la ropa puesta. Siempre lo hacía y siempre renegaba por ello: la dejaba apestando a humores de viejo. Se quitó la camisa y metió una esponja en una jofaina con agua. Se refrescó los brazos, el cuello y las axilas. Miró su camiseta parda por el sudor. Quiso cambiársela pero encontró más sucias las otras dos que tenía. Decidió dejársela puesta: ya nadie se fijaba si la traía o no percudida.

Escupió la baba con sabor a desvelo y cerveza agria. Hizo una gárgara con agua y abrió la puerta para que se oreara la habitación. En la calle reverberaba el sol con furia. Justino miró la hora en su reloj.

—Las cuatro —pensó—, y este pinche sol no se acaba.

Se dirigió a la estufa y la prendió. La llama parpadeó débilmente, signo de que se terminaba el gas. Pronto tendría que ir a Mante a canjear el cilindro. Puso sobre el fuego un sartén con los sobrantes de chicharrón de armadillo que le había obsequiado su compadre Héctor Montanaro. Lo dejó freír varios minutos: le gustaba el dejo amargoso de la carne casi tatemada.

Se comió lentamente el asado para deleitarlo mejor. Chupó cada huesito hasta dejarlo limpio. Destapó una Coca-Cola al tiempo y se la bebió de un jalón. Se acordó de las huellas del asesino. Tenía que regresar al lugar del crimen a medirlas de nuevo. Después iría a buscar a Rutilio Buenaventura para preguntarle si sabía la talla de zapatos del Gitano.

Salió de la casa con una bolsa de desperdicios de comida. Dos perros flacos y sarnosos se le acercaron haciéndole fiestas y agitando la cola. Justino les arrojó los desperdicios y los perros se abalanzaron sobre ellos gruñéndose uno al otro.

Tomó la brecha que conducía al río. Declinaba la tarde, no así el calor que parecía enraizado al paisaje. Unos zanates machos graznaban sentados sobre la copa de un mezquite. De entre las nopaleras salían disparadas liebres grises. Justino cogió una piedra para lanzársela a la cabeza antes de que arrancaran su carrera. De niño así las cazaba. Las atontaba a pedradas para después rematarlas golpeándoles la nuca con el canto de la mano. Hacía tiempo que no lograba atrapar una de esa manera. Ello no impedía que lo intentara a menudo.

Arribó al sorgal. Lo subyugó la calma de la tarde. Las codornices inundaban el sembradío con su canto. Sobre los matojos de semillas comían unas palomas de ala blanca. Caminó hasta el sitio exacto donde había caído Adela. Como vestigios del crimen sólo quedaban una mancha marrón de sangre reseca y cañas de sorgo aplastadas por el peso del cadáver. Parecía un plantío de tantos, aunque ya no lo sería más: Víctor Vargas —que era quien lo cultivaba— había jurado la noche anterior delante de varios, no volver a trabajarlo.

—Porque allí jamás va a dejar de heder la muerte —explicó.

El terreno quedó condenado a que se lo devorara la maleza: nadie se propuso alquilarlo ni solicitó la concesión por abandono.

2

Justino inspeccionó la zona. Las huellas dejadas por Adela y el asesino se dibujaban aún con claridad. Se acuclilló y las midió: una cuarta la de ella, una cuarta y tres dedos la del criminal. Repitió la operación para asegurarse. Por curiosidad tanteó su propia pisada: una cuarta con tres dedos y un cachito. El asesino debía calzar del veintiséis y medio, como él.

Siguió el rastro entre el arado para buscar su procedencia. En ocasiones perdía la pista, pero daba vueltas en círculo hasta reencontrarla. La tierra suelta junto a las pisadas evidenciaba que ambos habían corrido y que

Adela no se detuvo sino hasta que la mataron. El rastro irrumpía dentro de un zacatal espeso y cerrado. Justino no se aventuró a atravesarlo. A esas horas de la tarde las nauyacas merodeaban por los pastos altos. Tuvo miedo de ser atacado por una de esas víboras. Había visto reses sucumbir por su mordedura: mugían incontrolables, pataleando furiosas hasta desplomarse ahogadas en sus espasmos.

Rodeó el pastizal y llegó a la orilla del río. Calculó el último punto donde había dejado la pista y trazando coordinadas imagenes revisó las riberas cenagosas. No halló más que trillas de venado y de tejón. En su búsqueda topó con una angosta vereda de bestias que penetraba la maraña de matorrales que bordeaba el río. Se metió dentro de ella, cruzándola con dificultad, agachándose continuamente para no rasguñarse con las varas bajas. El camino se hizo intransitable. Cuando arrepentido quiso dar marcha atrás era demasiado tarde: había recorrido más de doscientos metros. El regreso le sería tan penoso como la ida. Decidió continuar hacia adelante. A su paso masas de zancudos se levantaron de las hojas de los arbustos y lo acribillaron con sus picaduras. Justino palmoteó tratando de aplastarlos y aunque mató a varios, no logró menguar la picotiza. Adentro del túnel verde el calor arreció con violencia. La humedad y el lodo se le pegostearon en la piel. El sudor le ensopó la ropa y la espalda y le crujió de tanto andar inclinado. «Qué chingados hago aquí» —gruñó en voz alta.

Avanzó otros doscientos metros casi a gatas. El sendero desembocó en un enorme claro oculto por la arboleda. Justino salió del pasadizo y se sentó a descansar sobre el montículo de un hormiguero abandonado. Unos papanes gritonearon asustados por su presencia. Justino les aventó un terrón para ahuyentarlos. Los pájaros volaron hacia el otro lado del río y allá continuaron su escandalera.

A pesar de estar muy fatigado, Justino resolvió hacer un último esfuerzo por continuar su pesquisa: le intrigaba en demasía desentrañar los pormenores del crimen.

No conocía bien aquellos parajes, pero todo indicaba que el zacatal que había esquivado tenía fin en aquel claro. Sólo que allí el pasto era más chaparro y escaso: un potrero natural donde apacentaba el ganado.

Se incorporó y comenzó a explorar el llano. La tierra, floja por su proximidad a las márgenes del río, destacaba notoriamente cualquier marca, pero era tal el pisadero de caballos y vacas que a Justino se le dificultó retomar el rastro. No lo hubiera logrado de no ser que, cercana a una palma, descubrió una franja de zacate recortada a machete en cuyo centro se encontraban, plegadas junto a una manta blanca, una falda negra y una blusa azul.

3

No la habían desnudado con violencia. Ninguna de las prendas se hallaba rota o desgarrada. Al contrario, estaban cuidadosamente dobladas, sin una mancha o arruga. Debajo de la blusa se encontraban los zapatos, los calzones y el sostén. Alrededor las huellas de ambos. Justino las examinó una a una. Provenían de la ribera del río y denotaban un hecho incontestable: asesino y víctima habían llegado juntos a ese sitio. Se delineaban claramente sus pasos acompañados. En algunos trechos las huellas se detenían y quedaban frente a frente, como si la pareja se hubiera dado un beso o un abrazo. Al principio el rastro lo conformaban pies calzados: los de él por bota vaquera con tacón alto, los de ella por los zapatos ahí descubiertos. Luego se advertía una desnudez morosa y una breve caminata a la manta transformada en lecho de amor. Lo demás aparecía confuso: pisadas del hombre que iban y venían, primero descalzo y después con las botas puestas, y que terminaban alejándose cincuenta pasos al oeste. De la manta brotaban las pisadas de Adela explotando en una carrera frenética. Las de él detrás, recorriendo vertiginoso los cincuenta pasos y arrancando lodo a cada zancada. El acoso continuaba hacia el zacatal espeso y del zacatal hacia la esquina del campo de sorgo donde finalmente se había consumado la feroz cacería.

Justino se sintió turbado. No se explicaba los repentinos motivos del homicida para ensartarle un fierro a Adela minutos después de hacerle el amor. Dócil y cariñosamente Adela había dispuesto su propia muerte. La ropa doblada con cuidado, la manta de amor, el rincón escondido y clandestino, la desnudez de la madrugada, remataban en una persecución enloquecida y una puñalada certera. ¿Qué había desatado aquella corretiza delirante y fatal?

Justino recogió la falda negra y la blusa azul. Olían a perfume de rosas. Eran las pruebas de que Adela se liaba con su asesino y demostraban que no se había desnudado por la fuerza. Al menos contradecían la versión de Ranulfo Quirarte que aseguraba haberla visto con la blusa desgarrada.

Justino desenfundó su navaja y con la cuchilla rasgó las prendas hasta convertirlas en jirones. Lo mismo hizo con la ropa interior y la manta. Con una vara de palma borró toda seña de sus pisadas. Caminó hacia el río y arrojó los trozos de tela y los zapatos a la corriente. Las evidencias destruidas flotaron brevemente junto a los remolinos de hojas y bagazos de caña, y se hundieron aguas abajo.

Presentar las pruebas en el pueblo de nada le hubiera servido: no cambiaría en los demás la idea de que el asesino era el Gitano. Lo único que lograría era que el verdadero criminal las tratara de desaparecer junto con quien las había descubierto. Tampoco pensaba llegar con la novedad de que Adela era una muchachita jariosa y calenturienta, masacrada con medio orgasmo todavía untado en el cuerpo. No tenía caso mortificar aún más a los padres. Lo mejor era no embrollar más las cosas y esperar a que el Gitano, si en verdad era inocente, no regresara jamás a Loma Grande y, si lo hacía, cruzar los dedos para que no lo mataran.

Empezó a oscurecer. Para salir del claro Justino recorrió en sentido inverso el camino por el cual los amantes habían llegado al lecho de su última cita. Era una ruta oculta, difícil de seguir, protegida por matorrales de mala mujer y uña de gato, que entroncaba con la brecha que corría de Loma Grande a Ejido Pastores.

Entre las sombras del anochecer, Justino ubicó dónde se encontraba y se dirigió al sur, hacia la casa de Rutilio Buenaventura.

4

Rutilio escuchaba un cassette de los Tigres del Norte en el walkman que le había regalado el Gitano. Ese y otro cassette con grabaciones de una entrevista ficticia a Caro Quintero en la cárcel, eran sus favoritos. Tenía más de sesenta. En cada visita el Gitano le llevaba cuatro o cinco. Se los compraba en las gasolineras o en las fondas para traileros. Procuraba escogérselos variados: cumbias, mambos, rock, polkas, de albures y hasta transmisiones radiofónicas grabadas de los mejores partidos de fútbol del Correcaminos de la Universidad Autónoma de Tamaulipas.

Escuchando su walkman Rutilio desahogaba sus interminables tardes de ciego. Había perdido la vista hacía ocho años. Él achacaba su ceguera a los tantos meses de trabajar en una bodega donde almacenaban pesticidas. Lo cierto era que un tracoma lo había dejado a oscuras. Tan severa había sido la infección que el médico que lo atendió tuvo necesidad de vaciarle la cuenca de los ojos y colocar en las oquedades dos burdas y baratas prótesis de vidrio.

Justino se asomó por una ventana y vio al ciego repantigado en una silla, con los audífonos puestos y los párpados cerrados. Por la habitación deambulaban una docena de gallinas. Rutilio las guardaba en su casa para que no se las robaran los cacomixtles o los mapaches. Subsistía de las gallinas y de los cincuenta dólares que mes a mes le enviaba una hija suya que trabajaba de despachadora en uno de los autoservicios Seven Eleven en Harlingen, Texas.

—Buenas —gritó Justino desde la ventana. Una de las

gallinas cacareó asustada y revoloteó por encima del viejo, pero Rutilio no respondió. De no ser por un leve tamborileo de sus dedos llevando el ritmo de la tonada, parecía estar dormido.

«Buenas» repitió Justino y el ciego siguió sin moverse. Empujó la puerta y entró. Suavemente tocó a Rutilio en el hombro. El ciego brincó sobresaltado y abrió sus ojos de canica.

—¿Qué hay? —preguntó mientras se quitaba los audífonos.

—Soy yo, Justino.

—Quiúbole, qué milagro —dijo Rutilio—, ensíllate donde quieras.

Justino se sentó junto a él. Por costumbre el ciego encendía un mechero al caer la tarde: era un acto de gentileza hacia posibles visitantes, aunque ya casi nadie iba a su casa. A Justino no le agradaba frecuentarlo: le perturbaba su mirada artificial. Sin embargo le caía bien y se entretenía con su charla.

—Se me murió una de mis gallinas —dijo Rutilio—, creo que me la mató el calor.

En cada rincón de la casa abundaban las plumas y las suciedades. El lugar entero despedía un olor acre.

—Supe que se me había muerto cuando se mosqueó mi cuarto —dijo y continuó—; la lata ahora es que las pinches moscas no se van.

Justino volteó hacia el techo y lo halló moteado de tantas. Estuvo a punto de sugerirle que las rociara con DDT, pero recordó la fobia de Rutilio a los fumigantes.

—Ponles del papel ese en el que se pegan —le aconsejó. El ciego sonrió.

—No, porque después se me olvida donde lo pongo y el que se queda pegado soy yo.

Justino sonrió también.

—No te ofrezco un café porque no tengo —dijo Rutilio exculpándose—, pero en la olla hay chocha hervida con huevo por si te quieres servir.

—No gracias, acabo de comer —contestó Justino.

Una a una las gallinas fueron echándose en los nidos que el ciego les había construido debajo de la cama. El arrullo de las aves ahuecando las alas sosegó el ambiente.

El ciego no daba muestras de estar enterado del crimen. No sabía Justino cómo preguntarle acerca del Gitano.

Rutilio adivinó cierta ansiedad en el delegado y volvió su rostro hacia él. Su mirada de cristal fulguró con la llama del mechero.

Justino se estremeció.

—Van a repartirle más tierra a los nuevos —comentó nervioso, tratando de ocultar su ofuscación.

—¿Cómo le van a hacer si hay más nuevos que parcelas? —acotó Rutilio y se quedó esperando en vano la respuesta porque Justino permaneció en silencio.

—¿Qué te traes? —inquirió Rutilio a rajatabla.

—Vine a preguntarle algo —dijo Justino eludiendo los ojos de espejo.

Rutilio impulsó su cuerpo hacia atrás.

—Lo que quieras pues, nada más te pido que no seas lioso.

Se le antojó a Justino interrogarlo a fondo, arrancarle los enigmas del Gitano: si sabía qué hizo la madrugada del domingo, si mantenía alguna relación con Adela, el porqué de sus estancias tan largas en Loma Grande, las razones por las cuales partió del pueblo tan de prisa, preguntas todas que se sintetizaron en una sola:

—¿Sabes de cuál número calza el Gitano?

Rutilio soltó una carcajada.

—Es mi amigo, no mi novio —dijo, rió otro poco y se serenó.

—No sé —agregó— pero aquí deja una maleta con ropa para no andar cargando . . . puede que allí guarde unos zapatos.

Con la vaguedad de su ceguera, Rutilio señaló hacia una esquina del cuarto.

—Búscale por allá —dijo.

Justino encontró una petaca de lona en el lugar indicado, se sentó en la cama y comenzó a esculcarla.

—¿Y para qué quieres saberlo? —preguntó Rutilio.

Justino no le respondió: en sus manos tenía un par de tenis. El acertijo sobre la inocencia o la culpabilidad del Gitano estaba resuelto: los tenis medían dos cuartas de su mano.

—Veintinueve y medio —exclamó Justino.

Rutilio giró su cabeza hacia él.

—¿En qué se metió José? —preguntó, recalcando con el «José» la familiaridad con la cual trataba al Gitano.

Justino suspiró antes de contestar.

—En un lío gordo —dijo y guardó de nuevo los tenis en la petaca.

—¿Mujeres? —preguntó el ciego.

—Sí, mujeres —respondió Justino, y «mentiras» pensó: ¿por qué había inventado «La Amistad» la escena de jaloneos y violencia entre el Gitano y Adela? ¿Qué ganaba con ello? ¿Sería él el verdadero asesino? Recordó no

haber visto rodadas de bicicleta cerca del sitio del crimen.
¿Por qué había asegurado Ranulfo haber estado por ahí?
¿Era para ocultar algo o una simple y estúpida mentira?

Justino se puso de pie presto a retirarse. Había comprobado la inocencia del Gitano. Nada haría por defenderla: no iba a meter las manos a la lumbre por un fuereño al que apenas conocía.

—Es bronca suya, no mía —pensó.

Sólo para librarse un poco de la culpa le dijo a Rutilio desde la puerta:

—Si ves al Gitano adviértele que se ande con cuidado . . . porque lo quieren matar . . .

Quiso Rutilio preguntarle quién, pero ya no sintió su presencia en la habitación.

5

De nuevo quedó Rutilio a solas con sus gallinas y sus tinieblas. Se colocó los audífonos sobre los oídos, pero no apretó el botón de «play». Carecía de ánimos para escuchar música. Estaba preocupado. Quería bien al Gitano: era el único —incluidos sus propios hijos— que lo atendía, que le consecuentaba sus quejas de ciego y sus desesperanzas de viejo. El único que soportaba su torpeza oscura. Ahora lo acechaban para matarlo. Rutilio sabía el motivo: Gabriela Bautista. Cuántas veces no lo había prevenido para que no se enredara con ella. «Vas a salir mal librado —le advertía— el marido es cabrón de pocas pulgas y si los agarra en la movida los va a tronar». El Gitano sonreía retador: sus cicatrices eran prueba de que los maridos con cuernos poco podían contra él. «Sí, pero el marido de Gabriela templa de otro modo —insistía Rutilio—, en el momento menos pensado te raja las tripas». El Gitano le agradecía los consejos con una palmada en el hombro. «No se preocupe por mi bien, que mala hierba nunca muere».

Era seguro que habían sorprendido al Gitano en sus correrías con la Bautista: ambos se arriesgaban cada vez más en sus encuentros. Al principio cuidaban de mostrarse distantes en público. Buscaban lugares apartados, noches propicias. Últimamente habían roto toda prudencia y se procuraban con descaro. Se daban besos furtivos en la calle y se cachondeaban por las mañanas en sitios cercanos al pueblo. Incluso, los fines de semana en que Pedro desaparecía de Loma Grande para irse a emborrachar, Rutilio tuvo que escurrirse discretamente de su casa para prestársela como alcoba nocturna. Cansado de esperar durante horas a que los amantes terminaran con sus jadeos y temeroso de que se le acusara como encubridor del amasiato y salir raspado del asunto, Rutilio les pidió que se llevaran a otra parte su relajo. Gabriela y el Gitano no protestaron: ya bastante hacía el ciego con guardarles el secreto.

Por fin despuntaba el sangriento desquite de Pedro Salgado tantas veces previsto por Rutilio. Le pareció inevitable que así sucediera: el Gitano se la había jugado demasiado apostando por una mujer casada. A Pedro le asistía la razón de hombre burlado y no podía reprochársele que tratara de emboscar a su rival: estaba en su derecho de matarlo. Supo Rutilio que no tenía modo de defender a su amigo y que lo único que podría hacer por él era tratar de darle aviso, ponerlo sobre alerta. Pero ¿cómo hacerlo con tanta ceguera a cuestas? ¿Cómo regar la noticia si él apenas podía moverse en el reducido espacio de su cuarto? ¿Dónde alcanzarlo? ¿En quién confiar para que lo localizara y le advirtiera? No tuvo más disyuntiva que esperar a que el Gitano —con su habilidad gatuna— eludiera una vez más a la muerte.

6

Justino Téllez mascó su coraje y lo escupió revuelto en bilis. «La Amistad» había embarrilado a todos con su mentira y el engaño cobraba tal velocidad que era imposible detenerlo. Que a los ojos de los demás el Gitano era el asesino de Adela era ya un juicio inobjetable, más allá de cualquier prueba de inocencia. No había más remedio que aceptarlo. No obstante Justino quiso constatar un último detalle.

Tocó a la puerta. Un chamaquillo semidesnudo, sucio y sudoroso, abrió.

—¿Está tu papá? —preguntó Justino.

El niño se dio media vuelta y a los cuantos segundos salió Ranulfo Quirarte «La Amistad».

—Buenas —saludó.

Todavía quedaba en Justino el sabor de la bilis y mucho le hubiera gustado escupírsela en el rostro.

—Buenas —contestó.

—Pásele —ofreció Ranulfo.

—No gracias, traigo prisa.

Ranulfo aplastó un mosquito que le picaba en la frente.

—¿Para qué soy bueno?

Justino meditó su respuesta: no quería que «La Amistad» se percatara de que había desenmascarado su mentira.

—Oye Ranulfo ¿dices que anoche viste al Gitano con la difunta?

Ranulfo tragó saliva nervioso.

—Sí, pues no le platiqué ya como estuvo el asunto.

Justino movió el mentón como diciendo «ah, sí, me acuerdo», y Ranulfo movió el suyo como diciendo «ah, se acuerda».

—¿Qué ropa llevaba puesta la muchacha? —inquirió Justino.

Ranulfo se quedó frío: no había pensado en que le preguntaran eso. Tuvo que improvisar una respuesta.

—No vi bien, estaba muy oscuro.

Justino se quedó callado unos segundos.

—¿No te fijaste si traía la blusa rota? —interrogó.

De nuevo caviló Ranulfo su respuesta. No podía permitirse titubeos o contradicciones.

—Sí, se le descosió con el jaloneo —afirmó.

—Ah, caray —musitó Justino.

—¿Para qué tanta pregunta? —inquirió «La Amistad».

El delegado balanceó su cabeza.

—Nada más de oquis.

Ranulfo señaló hacia el interior de su casa.

—De veras ¿no gusta pasar? Mi vieja está preparando cecina de venado.

Justino aspiró el aroma de la carne sancochándose. Se le abrió el apetito.

—No gracias —respondió y agregó— pero si me haces el favor de regalarme tantita.

—Cómo no —dijo Ranulfo y se metió a la casa.

Justino hizo el amague de abrocharse las agujetas del zapato. Se agachó y midió las pisadas de Ranulfo. Y no, él tampoco era el asesino: una cuarta con un dedo.

—Carajo, este cabrón tiene pie de niño —pensó— ha de calzar del veinticuatro y medio.

Regresó «La Amistad» con la carne salada metida en una bolsa de plástico. Se la entregó al delegado.

—Gracias —dijo Justino mientras la sopesaba— es casi un kilo.

Ranulfo se quedó en la puerta esperando a que el otro se despidiera.

—Nos vemos —masculló Justino. Se retiraba cuando escuchó tras de sí:

—Le juro que eran ellos.

Justino se volvió: «La Amistad» no se había movido de su sitio.

—En serio, yo los vi —repitió Ranulfo con tanta convicción en la mirada que Justino se quedó sin saber de qué lado se hallaba la verdad.

—Te creo —aseveró y partió tratando de imaginar lo que realmente había visto «La Amistad» el domingo por la madrugada.

CAPÍTULO XII

Martes

I

A maneció el martes bajo el tedio del calor en una mañana desabrida como tantas. La viuda Castaños se despertó temprano por los chillidos iracundos de los lechones que restregaban sus hocicos contra la cerca del chiquero reclamando alimento. Acongojada por lo de su hijo había olvidado darles de comer durante dos días. Salió de la casa, cogió el costal con las sobras de comida juntadas a lo largo de la semana y las aventó por encima de las tablas. Los cerdos se enfrascaron en una ruidosa batalla por los desechos. Los devoraron rápidamente y de nuevo pegaron sus trompas a la valla del corral. A falta de pan duro y cáscaras de papa, la viuda les vació un paquete de galletas Marías.

—Se acabó —les dijo mientras se sacudía las manos.

No le gustaba soltarlos. La demás gente en el pueblo tenía por costumbre dejarlos libres para que se alimentaran por su cuenta. A ella le repugnaba la posibilidad de que sus animales comieran carroña o excremento: por ingerir chuletas de puerco infestadas de cisticercos a su prima Dolores se le habían agusanado los intestinos.

Todavía no se alzaba el sol y el día ya apestaba a bochorno. La viuda puso a cocer unos frijoles y se sentó a pelar unos ajos. Pensó en Gelasio, el mayor de sus hijos. Tenía más de un año de no verlo. Había conseguido tarjeta verde y residía en Kansas trabajando como tractorista. Gelasio era quien mejor podía aconsejar a Ramón para disuadirlo de la locura de arremeter contra el Gitano, esclarecerle que bien podía ser él el muerto en la contienda. Sin embargo Gelasio se hallaba a tres mil kilómetros de distancia y a ella —por más que lo deseara— le sería difícil contener las intenciones de su hijo menor.

Los frijoles comenzaron a hervir. La viuda vertió los ajos picados en la olla. El vapor de la cocción la hizo sudar aún más. Tomó un trapo húmedo y se enjugó la cara. Se retiró de la estufa y caminó hacia el muro que dividía su cuarto del de Ramón. Apartó el dosel y contempló a su hijo dormido. Aunque tenía pavor por lo que pudiera sobrevenir, se sintió orgullosa: Ramón había respondido como un hombre. Por lo menos no sería rehén de sus temores, ni sufriría por actuar como un rajado. La viuda sabía de esos desconsuelos: Graciano Castaños —su difunto esposo— había cargado de por vida con la reminiscencia de una cobardía juvenil. Tanto le laceraba el recuerdo que a nadie jamás le contó lo sucedido. Se limitaba a concretar que cambiaría diez años de existencia por volver a aquel fantasmal instante en que su falta de decisión lo tornó en un pusilánime. Aunque sólo él supo lo acontecido, murió agobiado por ese antiguo titubeo.

La viuda se dirigió al fogón y apagó la lumbre. Le hartó el vapor ebulliendo en la habitación. Ya bastante tenía con soportar el sofoco del verano. Se sintió sola y triste. Sin marido, con cinco de sus seis hijos desperdigados por el mundo y con el sexto atrapado en un desafío fatal. Para colmo de males, Raquel Rivera —su mejor amiga— se había ido a radicar a Aguascalientes.

Quiso despertar a Ramón, sentarlo junto a sí y aplacar con él sus irrefrenables ganas de hablar durante horas, ventilar su monotonía, orear su existencia acalorada.

Se recargó sobre el quicio de la ventana y vio pasar al camión de redilas que recogía a los jornaleros para llevarlos a las plantaciones de algodón del Rancho del Salado.

—Las seis y media —pensó.

Cogió su monedero, se limpió de nuevo el rostro pringado de sudor y en silencio salió de la casa a comprarle leche a Prudencia Negrete.

2

Despertó carcomido por una noche de visiones. Una y otra vez sintió a Adela respirando junto a él. Sobresaltado abría los ojos y claramente la distinguía en la oscuridad: el cabello peinado hacia atrás, la frente despejada, los ojos claros, el cuerpo largo y desnudo. Adela sonreía. Susurraba una caricia. Se abrazaban. Ramón palpaba su piel ligera, sus senos apacibles, su vientre esquivo, el arco de su torso bañado en sangre, la herida babeante y viscosa. Aterrado brincaba hacia el extremo de la cama y no volvía a dormirse hasta comprobar que el espectro de Adela se hubiese desvanecido de entre las sábanas.

Se enderezó y escuchó a lo lejos el camión que transportaba a los jornaleros rumbo al Salado.

—Van a dar las siete —musitó contrariado. Se había levantado tarde. Generalmente abría la tienda a las cinco de la mañana. A esa hora —aún entre penumbras— llegaban los jornaleros a comprar refrescos, chicharrones, papitas, donas, y a platicar un rato antes de irse a la labor. No tornaba la actividad a la tienda sino hasta las ocho de la mañana, cuando se aparecían algunas mujeres a comprar el mandado.

Se sentó al borde del colchón. Aunque hostigado por tanta pesadilla descubrió algo que lo unía más a Adela: la nostalgia intensa por los momentos que no habían vivido juntos. Se incorporó y se miró en el espejo: aún traía puesta la camisa que le había prestado Pedro. Tenía que devolvérsela lo antes posible. No fuera a creer su primo que ya se la había agenciado. Lo más probable era que Pedro viajara junto con los demás pizcadores de algodón con destino al Salado. No importaba, podía entregarle la camisa a Gabriela.

Se sintió molido, como si hubiera cortado caña tres jornadas continuas. Le escocían los músculos y le dolían las piernas. Se cambió la camisa prestada por una playera azul con un hoyo en el costado. Se dirigió a la cocina. Puso tres cucharadas de sal en un vaso con agua, se enjuagó la boca y escupió los buches en el piso de tierra. Un dentista ambulante le había recomendado esa rutina diaria como la mejor manera de eliminar el aliento a ratón muerto. Se asomó al cuarto de su madre y vio que no se encontraba. Decidió ir rápido a devolver la camisa para regresar cuanto antes a despachar en la tienda.

3

Tocó tres veces a la puerta y nadie respondió. A la cuarta apareció Gabriela Bautista todavía con las arrugas de las sábanas remarcadas sobre los pómulos.

—Buenas —la saludó Ramón.

Gabriela se sorprendió al verlo. Ramón era quien se había echado a cuestas el compromiso de matar al hombre que ella amaba y no pudo explicarse qué hacía tan temprano en su casa.

—¿Qué pasó? —preguntó huraña, a la defensiva.

Ramón estiró el brazo y le entregó la camisa.

—Me la prestó Pedro el domingo y se la vine a devolver.

Gabriela la recibió extrañada. De algún modo Ramón era su enemigo. Buscó calibrar sus verdaderas intenciones.

—Pedro no está —dijo tajante.

—Ya lo sé.

—Entonces ¿qué más quieres que estoy ocupada?

A Ramón le pareció inusitado el mal humor de Gabriela. No acostumbraba ser grosera ni agria.

—Nada, no quiero nada —contestó Ramón pensando que lo agresivo le venía a Gabriela por acabarse de levantar. Ya no esperó a seguir importunándola. Se despidió con un «me saludas a mi primo» y se marchó presuroso.

—Puta madre —masculló Gabriela furiosa y cerró con un portazo. Estaba molesta, irritada. La visita de Ramón la había zarandeado. Tomó aire para calmarse, pero no pudo quitarse la tremolina que traía por dentro. El deseo, el amor, la pasión, el placer, la culpa, se fusionaron en un sentimiento dominante: el horror. Horror a las circunstancias absurdas, a una venganza torpe y siniestra tramada sobre la base de una confusión. Horror a su clandestinidad de amante, a su reiterada condición de esposa. Horror al Gitano, a Pedro, a Ramón. Horror, sobre todo, de sí misma. Eso era lo que más le fastidiaba: su miedo a dar la cara para salvar de la muerte al hombre que amaba. No se trataba sólo de salvarlo de un muchachito al cual seguramente le temblarían las manos a la hora de asesinarlo, sino de un pueblo entero que insaciable fraguaba el crimen equivocado. Debía defenderlo de la misma gente que la lapidaría de atreverse a decir la verdad. Era necesario entonces, callar. Callar para sobrevivir, pero sobrevivir a medias, corroída por su blandura y su mediocre indecisión.

Cogió un vaso con agua y se lo vació en la cabeza. Lo hacía todas las mañanas de verano. Era un remedio de su abuela para mitigar el calor. El agua se deslizó entre su cabellera enmarañada, refrescando su cráneo y la nuca. Recordó a su abuela sentada sobre una mecedora, con las piernas mordisqueadas por una plasta de tumores. Desahuciada, la mujer se lamentaba de las tantas cosas que no pudo vivir y de las cuales —según ella— ya no había modo de arrepentirse.

—Me quedé aquí mi hija, asándome en este calor del carajo —le decía a Gabriela—, porque nunca imaginé que uno se muere de a deveras. De haberlo sabido antes me hubiera largado hace tiempo de aquí. Pero ya estoy fregada y no puedo jalar para ningún lado. Lo peor de todo es que ya no encuentro la pinche palanca de reversa que me aviente vuelta atrás.

Entonces la anciana se reía repitiendo «la palanca, la pinche palanca», burlándose de sus piernas atrofiadas, de sus tumores pustulentos, de su vida sofocada a pleno sol, de las dolorosas dentelladas de la muerte. La muerte: un día antes de su último día la abuela murmuró al oído de su nieta: no me quiero morir. La enterraron la tarde siguiente. Gabriela se prometió no repetir la anodina existencia de su abuela: haría con su vida lo que quisiera. No fue así: al igual que ella, quedó enquistada en el polvo buscando inútilmente la palanca de reversa que le permitiera echar el tiempo atrás.

Derramó de nuevo un vaso con agua sobre su cabeza, y otro y otro hasta quedar completamente empapada. Cerró las cortinas, se desnudó, se metió en la cama y prendió el radio. Estuvo escuchando música tropical un rato hasta que oyó el ruido de motor de una camioneta que se aproximaba al pueblo por el camino proveniente de la presa.

—Es él —pensó— tiene que ser él.

Aceleradamente se puso un vestido y corrió a la puerta. En cuanto lo viera saltaría a interceptarlo, se montaría en la camioneta y le pediría que escaparan juntos. Le salvaría así la vida y de una vez salvaría la suya propia.

Durante unos segundos se mantuvo expectante, con la garganta reseca y los ojos clavados en la carretera. Se desilusionó al constatar que quién llegaba no era el Gitano, sino dos camionetas color azul plomizo que avanzaban veloces levantando polvo.

4

«Las vacas se fueron a la huelga —dijo Prudencia Negrete— porque hoy casi no dieron leche». Astrid Monge y Anita Novoa sonrieron forzadamente con la ocurrencia. La vieja Negrete era de cuidado, una mujer voluble muy dada a tronar por minucias. Pero esa mañana había amanecido de buen humor.

—Véndame siquiera cinco litros —solicitó Astrid, cuya madre utilizaba la leche para elaborar quesos panela que después vendía a los evangelistas del ejido Pastores.

—Ya no tengo, la poca que hubo se la llevó el carrito de la Nestlé —dijo Prudencia y era cierto: desde muy temprano había llegado el comprador de la Nestlé a adquirir los doce litros que la mujer ordeñó de sus cinco vacas.

Discretamente Anita le señaló a Astrid un tambo que rezumaba leche.

—¿Y esa que tiene ahí? —inquirió Astrid.

Prudencia volteó a mirar el recipiente y sonrió.

—No sirve, es leche grumosa de una res infectada, si quieres te la regalo —dijo, adelantó unos pasos con su andar tullido y extrajo un frasco de cristal del cajón de una cómoda.

—Tengo este cuarto de nata ¿lo quieres?

Astrid negó con la cabeza, pero Anita tomó el bote.

—Yo me lo llevo —dijo—¿cuánto es?

Prudencia hizo una suma con los dedos de la mano izquierda.

—Dame tres mil pesos —contestó y continuó dirigiéndose a Astrid— ya sabes que te puedo apartar la leche, nada más págamela por adelantado.

—Bueno, guárdame diez litros —dijo Astrid y le alargó un billete de veinte mil pesos.

—Deja veo si tengo cambio —dijo Prudencia y se metió a la casa a buscarlo.

Anita y Astrid escucharon un «buenos días» y al voltear se encontraron con la viuda Castaños que llegaba a comprar leche. La mujer se notaba afligida.

—¿Y Prudencia? —preguntó.

—No tarda —contestó Anita.

Se hizo un silencio. Las tres querían evitar el tema obligado: la viuda por la angustia que le provocaba; Astrid para no dar indicios de lo mucho que sabía sobre el asunto y Anita para no meterse en lo que no le incumbía.

Salió Prudencia con el billete de veinte mil en la mano.

—No tengo suelto —dijo y se detuvo perpleja frente a la viuda, como si hubiese visto una aparición.

—Buenas —saludó la viuda.

—¿Qué hay Pancha? —respondió Prudencia sin saber qué más decir.

—¿Tienes leche?

—No, se me acabó.

La viuda bajó la vista y se quedó cavilando. Parecía entristecerla sobremanera el que no hubiera leche. Astrid tuvo deseos de revelarle la verdad. No lo hizo: decidió dejarla en paz.

Desde donde se encontraba Prudencia distinguió los dos vehículos de la policía rural que cruzaban precipitadamente por la carretera.

—Ahí vienen los rurales —dijo. La viuda se volvió y miró como las camionetas se estacionaban frente a la casa de Justino Téllez.

5

Apenas oyó Justino que se apagaban los motores y ya Carmelo Lozano se hallaba espiándolo por la ventana.

—¿Qué pasó animal de uña? —le gritó el capitán.

Indolente Justino se recargó sobre la silla en la cual se encontraba sentado desayunando.

—Aquí nomás animal de pezuña —contestó desangelado, aburrido de la añeja fórmula de saludarse con Lozano.

—¿No invitas? —preguntó Carmelo.

Justino extendió sus brazos.

—Pues qué otra —contestó sin mirarlo.

El capitán alzó una de sus largas piernas y de un tranco saltó a la casa por la ventana.

—Para eso hay puerta —le reclamó Justino.

Carmelo sonrió burlón.

—Ya sé, sólo que así me acuerdo de las noches calientitas en que visitaba a tu hermana.

Como Justino no tenía hermanas le tuvo sin cuidado la burda guasa del policía. Carmelo jaló una silla y se sentó frente a la mesa.

—¿Qué me vas a dar de desayunar?

Justino no contestó: se limitó a destapar una olla que contenía tres mojarras fritas.

—Están buenas para un taco compita —dijo Carmelo—, pásame una tortilla.

Con un leve empujón Justino puso el tortillero frente al policía. Carmelo desmenuzó uno de los pescados, retirando cuidadosamente las espinas. Puso la carne sobre una tortilla, le exprimió un limón, la espolvoreó con sal gorda y se la tragó de cuatro bocados.

Parsimonioso, el capitán se preparó tres tacos más, le pidió a Justino que le regalara dos plátanos —mismos que devoró al instante— y al terminar le preguntó si sabía a qué hora trasmitían el béisbol desde Tampico.

—A las ocho de la noche —respondió Justino sólo para salir del paso.

Carmelo lo escuchó con atención, repitió «a las ocho de la noche», se levantó de la mesa y agradeció el desayuno.

—De nada —le contestó Justino, a sabiendas que no tardaba Carmelo en barlotearlo con sus clarividencias policiales.

Con un trozo de papel de baño el comandante se limpió los residuos de aceite y pescado sobre su boca. Se arremangó la camisa, empinó la cabeza y suspiró.

—Tú y yo sabemos compita —dijo— que tú sabes mucho de lo que pasó aquí el domingo ¿me entiendes?

—No te entiendo ni madres —replicó Justino molesto.

Carmelo se llevó las manos a la frente.

—Me explico mejor —dijo, quitó las manos de su cabeza, dibujó un óvalo en el aire y prosiguió— mira compa, voy a ser claro, si me llego a enterar que hay un muerto más en el pueblo por la cuestión de la muchachita asesinada, sobre el primero que me dejo ir es por ti . . . un desmadrito y te encierro.

Conocía de sobra Justino el estilo de amenaza fingida y provocadora de Carmelo, sin embargo le siguió el juego.

—Métete con los que alboroten ¿por qué conmigo?

Lozano esbozó una sonrisa.

—Porque tú estás gordo y viejo y te agarro más fácil.

Los otros corren rápido. Además, no dices que eres la autoridad acá.

—¿Y?

—Quién si no tú se va a hacer responsable.

—Por eso mismo —argumentó Justino— deja que yo arregle aquí las cosas a mi manera. Tú regrésate tranquilo a Mante y ya después te notifico cómo quedó la situación.

Carmelo tomó a Justino del brazo y le hizo la finta de darle un gancho al hígado. Justino hizo la finta de esquivarlo.

—No cambias compita, sigues igual de terco que siempre —dijo el capitán y agregó—: está bien, ya no te echo bronca.

Carmelo abrió la puerta para salir y una ráfaga de calor se proyectó sobre su rostro. Con la palma de la mano se cubrió las cejas para protegerse de la luz incandescente.

—Qué pinche calorón carajo, como para rostizar pollos —dijo.

Justino caminó hasta la puerta y levantó los ojos: ni una sola nube en el cielo. Bajó la mirada y encontró tumbados sobre las bateas de las camionetas a los ocho hombres de Carmelo que esperaban achicharrados la salida de su jefe. Justino los observó con cierta lástima.

—Rostizados aquí tus muchachitos— dijo con ironía.

Indiferente Carmelo respondió:

—Están impuestos . . . además ya les hacía falta asolearse.

Volteó hacia sus subordinados y con una seña de su índice llamó a uno de ellos. Como resorte el hombre saltó y se cuadró ante Carmelo.

—A sus órdenes capitán.

Carmelo revisó al policía de arriba abajo.

—Sargento Garcés ¿le gusta a usted el béisbol?

—Sí señor.

Con un chasquido de su lengua Carmelo hizo que Justino pusiera atención.

—¿Ya oíste? Le gusta el béisbol.

Justino asintió con enfado.

—¿A qué equipo le va sargento?—continuó preguntando Carmelo.

—A los Alijadores de Tampico.

—¿Tiene buenos jugadores?

—Sí señor.

—Y cuando no puede ir a los partidos ¿qué hace?

—Oigo los partidos por radio.

—Ahh, qué bien ¿hoy juegan?

—Sí señor.

—¿A qué horas?

—A las seis de la tarde.

—A las seis, ¿no a las ocho?

—No señor, a las seis.

—¿Seguro?

—Sí señor.

—Gracias sargento, puede retirarse.

El policía se alejó y de nuevo subió a la batea. Carmelo le reprochó a Justino:

—O eres un mentiroso o vives en la luna.

—O no me gusta el béisbol —corrigió Justino.

—Entonces ¿para qué inventas que lo van a trasmitir a las ocho?

Justino se alzó de hombros.

—¿Así quieres que confíe en ti? —inquirió burlón el capitán.

—Así mero.

Pasó Carmelo un brazo por la espalda de Justino y lo impelió a que lo acompañara hasta el vehículo.

—Ahora que lleguen los fríos nos vamos a tirarle a los patos ¿sale?

—Sí —dijo Justino. En otras ocasiones habían cazado juntos. Por cuenta de la policía rural corría el parque y el uso de las escopetas recortadas.

Carmelo abrió la portezuela, bajó el cristal de la ventanilla y se acomodó en su asiento.

—Nos vemos compita —dijo— y no dejes que se arme la descuartizadera.

El sargento Garcés descendió de la batea y se subió por la otra portezuela. Los demás policías se distribuyeron en las camionetas.

—Cuando te decidas avísame quién mató a la muchacha. Mientras échale un ojo a Ramón, no vaya a ser que se alebreste y se las ande cobrando a las malas.

Partió el capitán con sus hombres. No le cupo duda a Justino: Carmelo Lozano olía la sangre a distancia.

CAPÍTULO XIII

Una Derringer Davis
de dos cañones calibre 25

I

E l domingo por la noche compró la remesa de veinte grabadoras portátiles que había negociado con Lorenzo Márquez —el contrabandista— y para el lunes en la tarde ya había vendido dieciocho a doscientos mil pesos cuando el las pagó a setenta y cinco. Las adquirieron un grupo de operarios de trilladoras que la mañana de ese lunes acababan de saldar su comisión por haber trabajado más de novecientas hectáreas sembradas de sorgo. Tuvo la suerte el Gitano de encontrárselos medio borrachos y repletos de dinero en la intersección de la carretera con la vía del ferrocarril. Aguardaban en una fonda contigua a que repararan la locomotora del tren que transportaba sus gigantescas máquinas. Para el Gitano fue una venta relativamente fácil. Bastó con que uno de ellos comprara una para que los demás —por no desmerecer frente a los otros— pidieran la suya.

Esa noche durmió junto con los operarios en los furgones. Lo despertó el jalón de la locomotora que reiniciaba su marcha. Rápidamente descendió y contempló al tren alejarse con dirección al sur, hacia Abasolo. Amanecía. Se encaminó a la fonda que desde temprano brindaba servicio. Pidió un café con leche y unos huevos revueltos con machaca. En un solo día había ganado más de dos millones de pesos, cantidad suficiente para pasársela tranquilo hasta fin de mes. Decidió no trabajar por lo menos durante una semana.

La mesera le trajo el desayuno. Era una muchacha delgada y agradable, de facciones finas y nalgas redondas. De no estar ocupado pensando en lo que haría los próximos días, hubiera intentado seducirla. Ni siquiera le prestó atención.

Con tanto dinero en la mano sus planes cambiaron. Había pensado recorrer las rancherías aledañas a Casas, incluso visitar Las Menonas, en donde más de un menonita modernizado gustaba de comprarle sus chunches electrónicos y una que otra joya de fantasía. Después se proponía bajar a Ciudad Mante, deteniéndose a comerciar en los pueblos situados a orilla de la carretera, para de allí volver a Loma Grande en dos o tres semanas. Ahora le sobraba el tiempo y no sabía qué hacer, ni adónde ir.

Ordenó unas conchas para sopear el café. La muchacha le indicó que no había. Se tuvo que conformar con unas mantecadas Wonder. Le parecieron sabrosas, pero se le desmoronaron fácilmente al remojarlas dentro de la taza. Terminó por comérselas a cucharadas.

Hizo a un lado la taza vacía, se acodó sobre la mesa y pensó qué ruta seguir. Podía continuar con rumbo a Soto la Marina para pescar unos días en la Laguna Madre, o ir a Cadereyta a algún rodeo o corrida de toros, o de plano lanzarse hasta Tampico a saludar a familiares y amigos, y una que otra puta en un burdel de juventud. Después de considerar varias opciones, decidió dirigirse a Los Aztecas.

Los Aztecas era el más desarrollado de los pueblos circunvecinos a la presa de Las Ánimas. Tenía cerca de cuatrocientos habitantes y era el único que contaba con electricidad, construcciones de material, caseta de teléfonos, tres calles pavimentadas y gasolinera. El Gitano había elegido Los Aztecas por dos razones fundamentales: la primera, porque ahí se generaban esporádicas, pero sustanciosas transacciones en la compraventa de algodón, en las cuales podía invertir su dinero, y, la segunda —la decisiva—, por ser un lugar apenas distante veinte kilómetros de Loma Grande.

Pidió la cuenta, pagó el desayuno y compró a un chamaquillo un pasquín editado en San Fernando. Los titulares informaban de una redada de homosexuales satánicos en Nuevo Laredo y de los excesos y despilfarros de un funcionario local. El Gitano hojeó las cuatro páginas impresas, las hizo una bola y las arrojó al suelo.

—Lo mismo de siempre —pensó.

El niño recogió el pasquín, alisó las planas y lo colocó junto con el resto de los diarios para venderlo de nuevo.

2

A las diez de la mañana ya se habían instalado en la tienda de Ramón. Sentados en sillas metálicas pintadas con los colores y el logotipo de la Pepsi-Cola, Torcuato Garduño, Pascual Ortega y Macedonio Macedo, bebían cerveza ávidos por conocer el derrotero de los acontecimientos, por indagar detalle a detalle el modo con el cual Ramón pretendía eliminar a su enemigo. Luego de la habitual ronda de trivialidades, Pascual decidió preguntarle a Ramón:

—¿Ya pensaste cómo lo vas a matar?

—No —contestó Ramón.

Torcuato se levantó de su silla y se paró junto a él.

—Pues piénsale —dijo—, porque al Gitano no te lo puedes escabechar así nomás.

Faltaban aún semanas para que el Gitano retornara a Loma Grande, si es que decidía hacerlo. Tenía por costumbre presentarse en el pueblo el primer viernes de cada mes. Sobraba tiempo para planear el crimen y así lo hizo saber Macedonio.

—¿Y qué tal si se aparece ahorita mismo? —inquirió Torcuato—, ¿vamos a dejar que se entere y se pele de aquí vivito y coleando? No señor, esto tiene que decidirse y ya. Ramón tiene que estar listo para cuando vuelva el hijo de la chingada.

Le dieron la razón y entre los cuatro tramaron innumerables procedimientos para llevar a cabo el asesinato. Desecharon uno y otro: venadearlo en las brechas era difícil, no sólo porque el Gitano andaba siempre vigilante, sino porque para poder hacerlo era necesaria una escopeta y sólo dos personas en Loma Grande poseían una: Omar Carrillo, que tenía una de chispa que a veces funcionaba y a veces no, y cuyo uso era riesgoso en una empresa de tal magnitud, y Ranulfo Quirarte «La Amistad», que a nadie prestaba su retrocarga calibre dieciséis. Acometerlo con machete tampoco era conveniente: al Gitano ya le habían fileteado la espalda y no le permitía a nadie que portara uno que se le acercara a menos de tres metros de distancia.

Después de rechazar varias alternativas, los cuatro determinaron que la más viable era que Ramón se lo despachara con pistola, por ser ésta un arma pequeña y fácilmente manejable. Quedaba sin embargo un punto a resolver: el ejército acababa de llevar a cabo una sorpresiva y eficaz campaña de despistolización en toda la zona. Sólo unos cuantos pudieron esconder las suyas y evitar el decomiso. Entre esos cuantos el único confiable era Juan Prieto, el mejor amigo de Ramón. Restaba ver si contaba con parque y —sobre todo— si quería prestarla.

3

Juan Prieto tenía la misma edad que Ramón, pero parecía mayor. A los quince había emigrado como bracero y tuvo la fortuna de llegar hasta Portland, Oregon, ciudad donde eran casi inexistentes las detenciones de ilegales por agentes de migración. Consiguió empleo de lavaplatos en un restaurante de comida china. A los cuatro meses se cambió a trabajar como afanador en los baños de una compañía de seguros y de ahí pasó otra vez a lavaplatos en un congal que ostentaba el nombre *Susie's Bar*, regenteado por una mujer inmensa que cambiaba el tinte de su cabello cada semana. En ese sitio duró Juan Prieto sólo tres meses, porque Susan Blackwell, la gorda, lo denunció a las autoridades migratorias para no tener que pagarle su salario atrasado.

Recordaba Juan su captura como una pesadilla: cuatro hombres —tres vestidos de civil y uno con un uniforme desconocido— entraron al bar y al verlo se abalanzaron sobre él. De inmediato Juan advirtió de qué se trataba y pretendió huir saltando entre las mesas. Un parroquiano le metió el pie y Juan cayó de bruces. En el suelo el hombre uniformado lo apañó a macanazos. Juan procuró protegerse la cabeza con los brazos, pero no pudo evitar que lo descalabraran, le fracturaran una costilla y le astillaran el hueso del codo.

Le esposaron las manos, le amarraron los pies, lo amordazaron y lo arrojaron a la cajuela de un automóvil. Así lo trasladaron —en un viaje que duró horas— hasta una población que él no reconoció. Ahí lo hicieron bajar para entregarlo a otros hombres con otros uniformes. Lo subieron en una camioneta panel —libre de las cuerdas en los pies y de la mordaza, pero aún esposado— y lo condujeron a un edificio en San Francisco.

Dentro de una oficina con paredes de vidrio, un traductor le hizo saber que se hallaba detenido por estancia ilegal en el país, resistencia al arresto, insultos a la autoridad y robo. Se le informó que el fiscal retiraría los cargos si firmaba unos papeles donde se comprometía a jamás regresar a los Estados Unidos. Juan firmó, le tomaron sus huellas dactilares, sus datos y tres fotografías para ficha policial. A los cinco días lo deportaron en otra camioneta panel a Tijuana.

En Tijuana otros braceros le revelaron que su deportación relámpago era típica de las delaciones de patrones abusivos. En esos casos eran frecuentes las falsas denuncias de robo. Enardecido por la trampa, Juan buscó la forma de regresar a Portland a cobrárselas a la gorda y de paso recoger sus pertenencias en la pensión donde se había hospedado.

Cruzó de nuevo al lado americano escondido entre la mercancía de un trailer. En San Diego consiguió dinero esculcándole los bolsillos y robándole el reloj a un marinero portugués que halló tirado en la acera completamente ebrio. Con lo obtenido alcanzó a pagar un pasaje de Greyhound hasta Sacramento. De ahí a Portland tardó dos meses en llegar.

En Portland pudo recuperar todas sus posesiones, incluso los ochocientos dólares que había ahorrado y que ocultaba entre las costuras de la valenciana de un pantalón. Se las devolvió amablemente el encargado de la posada, un negro viejo y alcohólico cuyos recuerdos de gloria giraban alrededor de la época en que había sido bajista de la primera banda de B. B. King.

La misma tarde de su llegada Juan se dedicó a acechar la salida del bar de Susan Blackwell. Habitualmente la mujer abandonaba el establecimiento a las cuatro de la mañana, después de cerrar y hacer el corte de caja. Esa madrugada no varió su horario. Subía a su automóvil cuando Juan la alcanzó con un palazo en la cabeza, al cual siguieron muchos más.

La gorda quedó desplomada sobre el pavimento, el cabello verde revuelto con sangre. Juan, que la creyó muerta, tomó su bolso y corrió despavorido por las calles de la ciudad.

Regresó a México lleno de miedo, arrepentido de la violencia con la cual había actuado. En el camino compró una pistolita que le ofrecieron en una terminal de autobuses. Era una Derringer Davis calibre 25 de dos cañones por la cual pagó cincuenta dólares. Con tela adhesiva la pegó dentro del forro de su sombrero, listo a usarla contra el primer policía que intentara prenderlo. No hubo necesidad: variando rutas llegó tranquilamente a la frontera de Eagle Pass con Piedras Negras, donde atravesó el río a bordo de la cámara inflada de una llanta de tractor.

Volvió a Loma Grande un año después de haber partido. No se quedó a vivir en el pueblo por el permanente temor a que algún día se presentara una patrulla americana a detenerlo. Se construyó una choza junto a las márgenes de la presa de Las Ánimas, donde le cuidaba las lanchas y los arreos de pesca a Lucio y Pedro Estrada.

4

Estacionó la camioneta junto a la bomba de gasolina y le entregó al despachador la llave del tapón del tanque.

—Ponle cuarenta mil de la Nova —pidió. Descendió de la pickup y se dirigió al estanquillo situado a un costado de la gasolinera. Compró una cerveza Modelo en bote y se recargó en el congelador a tomársela. Estaba cansado. El recorrido hasta Los Aztecas, bajo el calor del mediodía y con la carretera invadida por trailers, le había resultado fatigante. Sorbió la cerveza deleitándose con el burbujeo de la espuma en su garganta. El despachador le hizo señas de haber terminado de cargar. El Gitano bebió el sobrante, pagó y volvió a la camioneta.

Tuvo ganas de bañarse en regadera y dormir una

siesta. Conocía en el pueblo una casa de huéspedes —Posada Los Albatros— en la cual se alojaba con cierta frecuencia y en la que, por treinta y cinco mil pesos, podía disponer de una habitación con cama grande, baño propio, ventilador de pedestal y el cubierto de desayuno y cena. La atendía su propietaria, la Chata Fernández, una mujer atenta y jovial, junto con Margarita, su hija adolescente, una muchacha risueña y vivaz. Al Gitano le agradaba hospedarse en Los Albatros, no sólo por el buen servicio, sino porque ambas mujeres eran grandes conversadoras, dotadas de información actual por los clientes que ahí pernoctaban. Pensó que a través de ellas podría enterarse de algún suceso anómalo en Loma Grande, saber si los había identificado quien los alumbró el domingo por la madrugada y si de ello hubiera derivado alguna consecuencia.

La posada se ubicaba en un caserón de un solo piso, con seis cuartos dispuestos alrededor de una sala común. El comedor y la cocina se encontraban separados del conjunto en una construcción aparte. La había diseñado de ese modo la Chata Fernández junto con su antigua socia, Silvia Espinosa, quien había abandonado el negocio al casarse con un agente viajero español. Gracias a la amistad con la Chata, el Gitano pudo elegir la recámara de su predilección, la del centro, por hallarse orientada al norte y ser la más fresca de todas.

Pese al bochorno desquiciante de la tarde, el Gitano se duchó con agua bien caliente.

—Calor con calor se mata —pensó.

Salió del baño envuelto con una toalla en la cintura. Abrió la ventana y corrió el mosquitero. Una cucaracha apareció debajo de la cortina y trató de ocultarse bajo el buró. El Gitano lo impidió aplastándola con su pie descalzo. La cucaracha crujió con el pisotón. El Gitano se sentó en el borde de la cama y se limpió el pie. Se quitó la toalla, la colocó sobre la almohada para no empaparla con el cabello aún mojado, se recostó y se quedó dormido.

Despertó y miró su reloj: las siete y cuarto. En la posada la cena se servía rigurosamente a las siete treinta. Se dio prisa en vestirse. Margarita le había adelantado el menú de la noche: sopa de acamayas, arroz a la mexicana y lengua entomatada, y no quería perdérselo.

Cuando entró al comedor ya la mayoría de los demás huéspedes estaban sentados a la mesa. Conocía a algunos: Carlos Gutiérrez, un ingeniero hidrólogo que tenía a su cargo la supervisión de los sistemas de riego de la zona; Felipe Fierro, ingeniero civil, que dirigía las obras de repavimentación de la carpeta asfáltica de la carretera del Abra a Los Aztecas, y Javier Belmont, un dentista que se había retirado para dedicarse al negocio del algodón. A los otros comensales: una pareja de ancianos y una mujer chaparra y ojerosa, nunca los había visto.

Al terminar la cena quedaron en la sobremesa únicamente Margarita, la Chata, Felipe Fierro y el Gitano. Ansioso, el Gitano le preguntó a la Chata sobre algunas novedades. La mujer se acodó sobre el mantel y —corregida a veces por su hija que lavaba los trastes en la cocina— dio cuenta de las noticias más importantes: que en Nuevo Morelos habían descubierto otro plantío de mariguana, que los arrozales que pertenecían al sindicato petrolero se los habían vendido a un diputado, que un ejidatario en Plan de Ayala había ganado diez millones de pesos en la promoción de las corcholatas de la Pepsi-Cola, que en González habían asaltado a unos turistas, que a un campesino del ejido Niños Héroes le contestó el gobernador la carta que le había enviado y que las reses del Rancho de la Paloma se hallaban infestadas de gusano barrenador. Como viera el Gitano que nada se mencionaba del asunto de su interés, preguntó:

—Y de Loma Grande ¿han sabido algo?

La Chata recapituló unos segundos, encaramó un labio sobre otro y negó con la cabeza.

—No que yo me acuerde.

Margarita salió de la cocina secando un plato y se recargó en el quicio de la puerta.

—En Loma Grande —dijo suspendiendo las palabras— me parece que el domingo mataron a una muchacha.

Él Gitano sintió que un agujero se le abría en los pulmones. Intentó controlar su nerviosismo y con voz pausada inquirió:

—¿Cómo sabes?

—Me lo platicó Dulcineo Sosa en la mañana, cuando fui al mercado a comprar las acamayas.

—¿Y te dijeron el nombre de la muerta? —preguntó el Gitano con la esperanza de que Margarita articulara otro nombre.

—Sí, pero ya se me olvidó.

El Gitano tragó saliva.

—¿Gabriela?

La muchacha se quedó meditabunda unos segundos y respondió afirmativamente:

—Ándale —dijo—, así me dijeron que se llamaba.

Al ver que el Gitano palidecía, la Chata le preguntó:

—¿Era conocida tuya?

El Gitano asintió levemente.

—De vista . . . era la mujer de uno que me compra cháchara —contestó mientras una gota de sudor se desprendía de su nuca y resbalaba por su espalda.

5

Juan Prieto escuchó voces provenientes del recodo del camino y se puso alerta. La presencia de extraños cerca del embarcadero lo ponía nervioso: invariablemente pensaba en policías gringos que llegaban a apresarlo. Reconoció la voz de Ramón y luego la de Torcuato, y salió de detrás del árbol donde se había ocultado.

—Quiubo —saludó.

Ramón y los demás contestaron cada uno farfullando una frase distinta. Asustada una gallareta remolcó el vuelo por entre los zarzales a la orilla de la presa y se detuvo unos metros adelante dejando una estela en flecha en el agua inmóvil. Los rayos del sol espejeaban en las escamas de pescado tiradas alrededor de las lanchas.

Juan señaló una larga red.

—¿Me ayudan? —preguntó—. Tengo que extenderla.

Amarraron la red a varios postes: medía cerca de cien metros. Evidenciaba un sinnúmero de roturas y desgarrones que Juan debía arreglar anudándola con hilaza de yute, tarea que le llevaría toda la mañana.

Al terminar de atarla caminaron hacia unas rocas.

Sobre una de ellas se encontraba el carapacho de una tortuga volteado hacia arriba, con los despojos pudriéndose dentro. Macedonio Macedo pretendió patearla para sentarse, pero Juan lo contuvo:

—No la tires, estoy dejando que se seque para guardar la concha.

Macedonio protestó:

—Es que huele a madres.

Torcuato cogió la coraza y la examinó.

—Ya no sirve —dijo—, está resquebrajada.

—Entonces tírala —pidió Juan.

—A la próxima ponle sal o cenizas —sugirió Pascual— así no se te apesta, ni se te agusana.

—O ráspale la carne —agregó Torcuato.

Se sentaron los cinco sobre las piedras. Juan comentó en torno a la gran cantidad de tilapias que habían pescado el mes anterior. Macedonio le preguntó si tenía algunas para almorzarlas asadas.

—No —respondió Juan—, pero ahorita mismo saco unas con la atarraya.

Se puso de pie, se quitó la camiseta y le pidió a Ramón que lo acompañara.

—Nosotros mientras hacemos una lumbre —dijo Torcuato.

Juan y Ramón caminaron hasta el borde de la presa. Se quitaron los zapatos y se doblaron los pantalones para no mojárselos. Juan cogió la atarraya y Ramón una cubeta de lámina. Juntos se adentraron en el agua. Decenas de ranas brincaron a su paso, chapaloteando en el lodo.

Juan arrojó la red, dejó que se sumieran los plomos y la recogió. Nada apareció en la malla.

—Poca suerte —dijo y la volvió a lanzar. Un pelícano tomó altura y se dejó caer en picada unos metros más allá.

—Ahí andan las mojarras, vamos a meternos —propuso Juan. Avanzaron a donde el agua les llegaba a las rodillas.

—Aquí sí sacamos unas.

Se mantuvieron en silencio. Juan volvió a lanzar la atarraya sin resultado.

—Hay que ir más a lo hondo —sugirió Ramón. Recorrieron veinte pasos, hasta mojarse la cintura. Juan tiró la red y al jalarla la sintió pesada.

—Ahora sí —dijo. Levantó la malla. Un trío de tilapias coleteaban impetuosas.

—Supe lo de tu novia —musitó Juan mientras trababa a una mojarra por las branquias para desenredarla—, estuvo muy gacho.

A Ramón le pareció vergonzoso sostenerle la mentira de su falso romance a su amigo. Debía confesarle que su noviazgo con Adela apenas inició el día en que a ella la mataron. No lo hizo: no pudo traicionar a la mujer que le había legado un amor cifrado en cartas oscuras. Mucho menos pudo traicionar el amor que él mismo sentía por un cuerpo desnudo y tibio sobre sus brazos, por una muchacha fotografiada a tres cuartos de perfil en blanco y negro, por una ausencia que se le ramificaba por dentro. Revelarle la verdad a Juan significaba la posibilidad de librarse del agobiante compromiso de tener que matar a otro: su última vía de escape. Decidió cerrarla.

—Sí, estuvo del carajo —recalcó.

Juan zafó una tilapia de la red y la aventó a la cubeta que cargaba Ramón.

—Me dijo Pedro que piensas desquitarte.

—Para eso necesito que me prestes tu pistola.

Juan destrincó otra mojarra y la depositó en la cubeta. De tratarse de otro no prestaría su arma, mucho menos con la certeza de que sería usada para asesinar a alguien, pero siendo Ramón amigo suyo desde niño no pudo negarse.

—Sí hombre, ahorita que terminemos te la doy —dijo sin voltear a verlo.

Pescaron siete mojarras más. Salieron de la presa y se encontraron a Torcuato acuclillado intentando prender el fuego en la leña húmeda. A su lado Macedonio soplaba para avivar la llama. Juan le entregó los pescados a Pascual para que los limpiara en tanto ellos iban a la choza a buscar el arma.

Entraron al cuarto y Juan se dirigió a un rincón donde se hallaba un costal con granos de maíz. Escarbó en su interior, revolviendo las semillas con los dedos hasta que encontró la Derringer. Le sopló a las cachas para limpiarla de polvo y cascaritas. Caminó al centro de la habitación y de encima de una viga sacó cuatro balas escondidas.

—Son las únicas que tengo —dijo. Abrió el mecanismo de la pistola, colocó dos balas en la recámara, volvió a cerrarla y se la entregó a Ramón.

—Lista —le dijo y señaló el gatillo— no tiene seguro, la disparas nomás amartillándola.

A Ramón el arma sobre la palma de su mano le pareció como de juguete. De juguete también las diminutas balas con casquillo dorado.

—¿A poco puedes matar a alguien con esta madrecita? —preguntó incrédulo.

—Si pegas bien, sí . . . si no . . . no.

Ramón amartilló y apuntó hacia un sitio indefinido.

—Abusado —acotó Juan—, no se te vaya a ir un tiro.

Ramón descargó la pistola. Volvió a empuñarla y la giró lentamente hacia Juan. Centró la mira en su pecho y jaló del gatillo.

—No es tan fácil —comentó Juan al oír el *click*.

—¿Qué?

—Chingarse a alguien.

Ramón se encogió de hombros.

—Lo peor de todo —continuó Juan—, es que luego no hallas cómo sacarte al muerto de la cabeza —y suspiró embotado aún por el recuerdo de la gringa gorda revuelta en sangre después de haberla machacado a palazos.

Sin decir palabra Ramón bajó la pistola que había sostenido en posición de tiro.

—¿Sabes en la que te están metiendo? —le preguntó Juan.

—No —contestó secamente Ramón y guardó la Derringer Davis y las balas calibre veinticinco en la bolsa derecha del pantalón.

6

Despertó navegando en un sudor espeso, ahogado por pesadillas recurrentes: Gabriela rajada a pedazos, Gabriela devorada por gusanos, Gabriela lejos, Gabriela muerta, Gabriela perdida para siempre.

Aventó las sábanas con los pies y prendió la lámpara sobre la mesa lateral. Se talló los ojos lastimados por la tenue luz amarillenta. Se levantó y miró por la ventana la noche sin luna. Del otro lado del mosquitero escuchó los agudos chasquidos de los murciélagos cazando insectos.

Quiso fumar. Recogió su maletín y lo colocó sobre la cama. Lo abrió para buscar una cajetilla de cigarros. Esculcó a sabiendas de que no la encontraría: hacía diez meses que no fumaba.

El Gitano cerró la valija, se puso un pantalón y una camiseta, descorrió el mosquitero de alambre y saltó hacia el jardín. Sintió el picor del pasto crecido bajo sus pies descalzos. En la penumbra distinguió el sendero de losa que bordeaba los cuartos y conducía a la calle. Lo siguió hasta topar con la empalizada de la cerca. Un sapo brincó junto a él. Lo empujó a un lado con el talón y el sapo continuó su camino por entre una hilera de macetas.

Destrabó el pasador del postigo cuidando de no hacer ruido. Salió y echó a andar rumbo a la zona iluminada del pueblo con la esperanza de hallar a alguien que le regalara un cigarro. Llegó y no encontró a nadie. Se dirigió a la plaza: desierta. Se sentó en una banca a contemplar las palomillas que revoloteaban alrededor de los faroles. El presidente municipal le había dicho que pronto todas las poblaciones de la región contarían con luz eléctrica. No le creyó: no le creía ni a los políticos ni a las mujeres. No le creyó a Gabriela Bautista cuando le dijo que lo amaba y que estaba dispuesta a dejarlo todo por él. No le creyó sino hasta ahora.

Comenzó a deambular por la plaza. Le molestó el zumbido del generador eléctrico que rompía el silencio de la noche. Quería ese silencio, pensar, evocar a Gabriela. Recordó la mañana de agosto en que hicieron el amor en la parte posterior de la camioneta estacionada a la orilla de una brecha lodosa. Recordó el horizonte gris delineado sobre el verde de los cultivos, la lluvia chispeando sobre el toldo. Recordó su mirada, sus ojos hondos, su piel lustrosa, sus piernas envolviéndolo, su humedad. Recordó la última noche con ella, el acoso de la linterna, la carrera por entre la reña, su intimidad rasgada, su secreto al descubierto, su amor final. Imaginó a Gabriela muerta y tuvo deseos de ir a incendiar Loma Grande para después incendiarse él mismo.

Regresó cuando las parvadas de garzas blancas iniciaban su vuelo mañanero hacia los arrozales. Clareaba. Entró al cuarto por la ventana. Se desnudó completamente: a esas horas el calor le pareció aún más insoportable. Se tumbó sobre la cama y se quedó recostado boca arriba con la mirada fija en las aspas del ventilador de piso que giraba junto a él.

Emergió de la habitación avanzado el día. Se había bañado y vestido perezosamente, presa de un extraño cansancio. En el comedor sólo se encontró a los dos ancianos que no conocía. Los saludó y se quedó de pie sin atinar en cuál de las nueve sillas sentarse. La Chata salió de la cocina cargando una olla humeante y la depositó sobre la mesa.

—Buenas . . .

—Buenas . . .

—¿Se te pegaron las cobijas?

—Algo.

—¿Quieres frijoles?

—Sí —contestó el Gitano y se acomodó desganado en la silla que tenía delante.

La Chata le sirvió. Nunca antes había visto al Gitano tan abrumado.

Los ancianos terminaron de desayunar y se retiraron. Pausadamente el Gitano comenzó a comer el plato de frijoles.

—Ya no sufras —le dijo la Chata sonriendo.

El Gitano se volvió a verla, desconcertado por la actitud de la mujer que parecía burlarse de él.

—¿Sufrir de qué? —inquirió agresivo.

La Chata sonrió de nuevo, hizo una bolita con un pedazo de migajón y se la arrojó a un gato blanco que jugueteaba con un grillo muerto junto a la puerta de la cocina.

—No mataron a la que tú crees —continuó observando al gato devorar la masa de pan y añadió—: Margarita se confundió con los nombres.

La revelación de la Chata ofuscó al Gitano: no supo si ella hablaba en serio.

—La que apuñalaron en Loma Grande se llamaba Adela, no Gabriela.

—¿Cómo sabes?

—Me lo dijeron los evangelistas. Era una de las «nuevas»; ellos la enterraron el domingo por la noche.

—¿Qué más?

—Nada, los evangelistas no han vuelto a Loma Grande desde entonces y no saben qué ha pasado.

El Gitano se estremeció con alivio. La Chata adelantó su silla hasta encararlo a unos cuantos centímetros.

—Óyeme bien —le dijo—, ahora deja en paz a la tal Gabriela si no quieres que de veras te la maten.

—¿De qué hablas?

La Chata echó su cuerpo hacia atrás.

—De que te encanta hacerte el pendejo. ¿De dónde sacaste que la muerta podía llamarse Gabriela?

El Gitano sonrió.

—A leguas se nota que la Gabriela esa te trae de un ala. Nada más acuérdate que a la mujer casada o se le toca de pasada o se la lleva uno robada . . .

El Gitano terminó de almorzar y se levantó de la mesa.

—Gracias —dijo.

—¿De qué? —preguntó la Chata.

—Por los frijoles, estuvieron muy buenos . . .

Acostado sobre la cama, el Gitano meditó: tanta zozobra y angustia por creer muerta a Gabriela sólo significaba una cosa: que la amaba y debía robársela ya. No había vuelta de hoja: al día siguiente regresaría a Loma Grande por ella.

Cerró los ojos y trató de dormir las horas que no había podido la noche anterior.

CAPÍTULO XIV

La mejor manera de matarlo

I

Se alejó cinco pasos, amartilló la pistola y alargó el brazo hacia la penca del nopal. Cerró con fuerza el ojo izquierdo y con el derecho buscó ajustar el blanco en la mirilla. Contuvo la respiración para dominar el pulso, pero no pudo evitar que la Derringer Davis se bamboleara de un lado a otro. Apretó la empuñadura y cuando calculó tener el nopal bien apuntado, disparó. Abrió ambos ojos y revisó la penca para ver si había acertado. Torcuato meneó la cabeza en señal de desaprobación.

—Fallaste —dictaminó con los brazos cruzados.

Juan Prieto se acercó al nopal y lo registró para determinar si tenía algún agujero. Nada, la bala ni siquiera lo había rozado. Ramón aflojó la mano y bajó la pistola.

—Pegaste muy arriba —aseveró Pascual— yo vi cómo levantaste polvo en la lomita.

No había resultado tan sencillo dar en el blanco como le había parecido a Ramón. Demasiado pequeña y liviana, la Derringer Davis no se amacizaba bien en la mano. Era casi imposible aplacar el brincoteo de los cañones.

—Vas a tener que ponerle la pistola bien cerquita de

la cabeza —afirmó Macedonio— porque así como tiras vas a valer para pura madre.

Torcuato respingó:

—Sí, como no, y el Gitano va a dejar que Ramón se le arrime. No señor, lo que tiene que hacer es aprender a pegar de lejos —dijo. Le pidió el arma a Ramón, la abrió, botó el casquillo vacío, sopló los restos de pólvora quemada dentro de la recámara, ensalivó la culata y la cargó de nuevo.

—Fíjate —le dijo a Ramón—, el chiste para atinar está en que no estires el codo.

Se paró Torcuato con los pies separados apuntando en dirección paralela al blanco. Alzó el brazo encogido, trazando un ángulo recto. Respiró hondo, apuntó y apretó despacio del gatillo. Resonó el disparo haciendo eco en el paredón de la presa. Torcuato irguió la cabeza para contemplar mejor la trayectoria de la bala.

—Ni madres —le dijo Juan—, tiraste todavía más arriba que Ramón.

Torcuato levantó su barbilla, retándolo.

—Hablador, no viste bien —caminó hacia la penca del nopal, la escrutó una y otra vez buscando indicios de la bala, hasta que terminó por reconocer que había errado, no sin antes afirmar categórico:

—Esta pinche pistolita trae la mira chueca.

Chueca o no a Ramón le pareció evidente lo difícil de matar al Gitano con la Derringer Davis. Había que tirarle en corto, muy en corto, de preferencia en la sien o en medio de los ojos: «como a los jabalíes cuando se te dejan venir encima tronando los colmillos», le dijo Macedonio.

Desconocía Ramón la medida de su propio temple, saber si a la hora buena podría contener sus nervios para acercársele al Gitano y fogonearlo a quemarropa.

A las tres de la tarde la mayor parte de los habitantes de Loma Grande sabía que Ramón Castaños pensaba victimar a su rival con la pistola que le había prestado Juan Prieto. «La mismita con la que se escabechó a un policía en Texas» afirmaban quienes desconocían la verdadera historia de Juan. También había corrido la voz de que se trataba de una pistola traicionera con la cual era imposible apuntar fijo. Por tal razón algunos hombres del pueblo se habían reunido en la tienda para discutir la conveniencia o desventaja de usar la Derringer Davis. Argumentos iban y venían:

—Yo creo que está al chilazo esa pistola tan chiquita —sostuvo Ethiel Cervera—, el Gitano ni cuenta se va a dar de lo que trae Ramón en la mano.

—Pero también están chiquitas las balas —interrumpió Amador— si Ramón no se las mete en la mera cabeza, el Gitano se lo va a chingar.

—Sí, parecen balas para matar conejos —aseveró Lucio.

—No, hombre, si yo con balas más chicas, del veintidós, he matado venados, con una de esas te mato un tigre —dijo con seguridad Sirenio, el menor de los Pérez.

—Puro cuento —se mofó Lucio— ¿cuándo en tu vida has cazado un méndigo venado?

Sirenio iba a continuar la disputa, pero Torcuato intervino:

—Lo que tienes que hacer —le dijo a Ramón— es matarlo sin que te vea.

—¿Por la espalda? —acotó Macedonio—, no, eso no es de hombres.

—Muy hombre se vio el Gitano acuchillando a la muchacha por atrás ¿no? —refutó Torcuato.

—Bueno, en eso tienes razón —reconoció Macedonio y continuó dirigiéndose a Ramón— entonces sí, dispárale por la espalda.

—¿Y cómo le va a hacer si el desgraciado Gitano siempre anda pegado a las paredes? —interrogó Amador.

—Sí, es cierto, ese cabrón nunca se descuida —agregó Pedro Estrada.

Seguían los hombres enfrascados en la discusión cuando llegó Marcelino. Si alguien se hubiese fijado en su mirada torva habría descubierto que traía ganas de pleitar.

—Ya no le hagan tanto al argüende —interrumpió sin más— porque el pinche Gitano de menso que vuelve.

Los demás callaron. Nadie había previsto la posibilidad de una venganza inconclusa: todos daban por sentado que el Gitano se presentaría en Loma Grande a principios del próximo mes.

—No va a ser tan pendejo de regresar —continuó Marcelino— o qué ¿creen que va a venir a ponerle flores a la tumba de la muerta?

Sin moverse de la silla en que se encontraba sentado y sin dejar a un lado la cerveza que traía en la mano, Justino Téllez afirmó:

—Va a volver, dalo por un hecho.

Marcelino volteó hacia él y sonrió con una mueca descompuesta.

—Y tú de qué hablas, si ya fuiste de rajado con Carmelo Lozano ¿qué piensas que no nos dimos cuenta de que en la mañana fue a tu casa?

Justino bebió un poco de cerveza, echó los brazos atrás de la nuca, y sin alterarse en absoluto contestó:

—Rajada tu madre, cabrón . . . , si no sabes lo que le dije a Carmelo mejor cállate.

La viuda Castaños —que los había escuchado a través de la pared de la casa— salió a la tienda previendo un encabrite mayor. Cruzó el círculo de los hombres, musitó un «buenas tardes» para todos, le preguntó a Lucio Estrada cómo se encontraba de salud Evelia, a Pedro por el estado de Rosa y se sentó en un banco junto al mostrador.

La treta de la viuda dio resultado y los ánimos se apaciguaron. Prosiguió la plática. En un principio encaminada a temas dispersos, hasta que poco a poco se retomó el debate en torno a la Derringer Davis.

La controversia se prolongó un buen rato sin que se vislumbraran visos de conclusión. Para las cinco de la tarde el grupo había crecido en número. Los que llegaban rápidamente se adherían a uno u otro bando, y ponderaban los pros y contras de la Derringer Davis. La polémica derivó en disquisiciones absurdas sobre la correlación entre el largo del cañón y el impacto del disparo, el efecto de la velocidad del viento sobre el peso de la bala, la parábola del proyectil a corta distancia, de tal manera que no se resolvía el meollo del asunto: matar a un hombre, y matarlo bien. Jacinto Cruz pareció advertirlo y, como si no hubiese nadie más que ellos dos, le dijo a Ramón:

—Mira, para dejarnos de tanto chacoteo te voy a decir el mejor modo para que te despaches al Gitano.

La abrupta intervención de Jacinto enmudeció a los demás. La Derringer Davis pasó a segundo plano y el interés colectivo se centró en lo que Jacinto estaba por proponerle a Ramón. Sólo que Jacinto no pronunció palabra sobre ello y se limitó en pedirle al tendero que lo acompañara «porque te tengo que enseñar cómo matarlo porque así platicado no me vas a entender».

Partieron ambos seguidos de Pascual, Torcuato y Macedonio. Los demás —perplejos— los vieron alejarse y, simulando no morirse de curiosidad por conocer lo que Jacinto iba a mostrarle a Ramón, retornaron a discutir los efectos y atributos de una pistola como la Derringer Davis calibre veinticinco, de dos cañones y diez centímetros de largo.

2

Despertó el Gitano de su siesta extenuado por un presentimiento: que a Gabriela podían asesinarla esa misma noche. Le pareció ridícula la premonición y trató de restarle importancia, pero no lo logró. Quedaban en el aire cuestiones sin resolver que aún podían desatar imprevistos. Le carcomía particularmente la duda de saber si Pedro Salgado estaba o no al tanto de sus amoríos con Gabriela. Además, le intrigó la identidad de la muchacha asesinada. ¿Quién era ella? ¿Por qué la habían acuchillado? De momento pensó que la habían masacrado por equivocación y que la verdadera destinataria de la puñalada era Gabriela. Gabriela, Gabriela. Le dolió el nombre de Gabriela. ¿Por qué le preocupaba tanto? ¿Por qué no podía mandarla al carajo como a todas las demás? Siempre le había gustado jugar con mujeres casadas, llevarlas al filo de la navaja y abandonarlas en el preciso momento en que ellas estuvieran decididas a irse con él; ¿por que no podía actuar así con Gabriela?

Tenía que regresar por ella lo más pronto posible: ya no soportaría una noche más pensándola lejos, soñándola devorada por gusanos, deseándola con rabia. Sin embargo trató de no precipitarse. No valía la pena ir esa misma noche a Loma Grande: de seguro se toparía con el marido y la violencia podía desencadenarse. Era mejor aparecerse por el pueblo la mañana siguiente, después de que Pedro Salgado saliera a trabajar rumbo a las plantaciones de algodón junto con los demás jornaleros.

Pensó que antes debía investigar a fondo lo sucedido en Loma Grande con el crimen de Adela. No podía llegar destanteado al pueblo. Supuso que Carmelo Lozano debía saber algo y decidió visitarlo a la comandancia de la policía rural en Ciudad Mante.

Abandonó la Posada Los Albatros al mediar la tarde. No encontró a la Chata Fernández, ni a su hija, por lo que en un sobre metió el dinero que les debía y lo pasó por debajo de la puerta de su habitación. Adjuntó una nota que más bien parecía telegrama:

> *Chata: tenías razón. Mujer casada mujer*
> *robada.*
> *Saludos,*
> *José Echeverri-Berriozabal.*

3

Pasaron primero a casa de Jacinto donde el matancero recogió unos lazos y un pequeño morral.

—¿Qué traes ahí? —le preguntó Macedonio.

—Una sorpresa —le contestó Jacinto mientras se colgaba el morral al hombro y le entregaba una reata a cada quien.

Se encaminaron hacia los potreros que rodeaban el flanco sur del cerro del Bernal. Al llegar Jacinto les pidió que lo ayudaran a localizar un toro colorado, con la frente blanca y el rabo mocho a la mitad. Lo encontró Pascual apacentando a lo lejos, debajo de un mezquite, sobre la falda del cerro donde se hallaba más apretada la breña.

Según Jacinto se trataba de un toro muy rejego y montaraz que tenía mucho de andar suelto por el campo.

—Es bien bravo —les dijo— así que aguas.

Los cinco se repartieron para acorralarlo. Se le aproximaron sigilosamente para evitar que se espantara y huyera. Escondiéndose entre los huizaches, Jacinto logró tenerlo a unos cuantos pasos. Se agachó y trató de lazarlo. La cuerda golpeó el lomo del animal y resbaló. El toro —al sentirse acosado— alzó desafiante la cornamenta y arrancó cuesta abajo. Torcuato trató de cerrarle el paso y el toro agachó la cabeza para acometerlo. Torcuato brincó a un lado y el animal siguió de largo.

—Córtale por allá —le gritó Jacinto a Ramón.

Ramón corrió en diagonal tratando de alcanzarlo, pero el toro ganó velocidad y se perdió entre unos matorrales. A pesar de que se le escuchaba tronchando ramas y arbustos, era difícil predecir por dónde iba a aparecer. Jacinto, que conocía bien el terreno, adivinó que irrumpiría por la ladera alta del arroyo seco y le chifló a Pascual para que se fuera por ahí.

Pascual cruzó rápidamente por un claro y se escudó detrás de una nopalera. Sintió frente a él el tronadero del animal y nervioso preparó la lazada. El toro brotó de entre la espesura y se enfiló por el borde de la cañada. Pascual lo esperó y al verlo pasar le lazó una de las patas. El toro mugió al notarse atrapado y arreció su marcha. Pascual amachinó los pies en la tierra para tratar de detenerlo. Con el jalón, el toro se revolvió en círculo y arremetió contra el hombre. Pascual rodó y libró la embestidura del animal que, con el impulso, patinó con la hojarasca y se deslizó hacia el fondo del arroyo. Decidido a no permitirle huir, Pascual enredó la cuerda en sus manos y se dejó arrastrar.

En su caída el toro se estrelló de costado contra una roca y del ramalazo dio una vuelta completa. Pascual quiso amarrar la reata a un árbol, pero el toro, enfurecido, salió destapado por entre el piedrerío del lecho seco, remolcándolo.

Desde la ladera Torcuato, Jacinto y Ramón observaron cómo Pascual y el toro se precipitaban entre las lajas sueltas y se apresuraron a bajar. Ramón los alcanzó y logró lazar al toro por el cuello.

—Jálalo —le gritó Torcuato.

Ramón atirantó la cuerda y el toro aminoró el paso. Torcuato llegó hasta el animal y lo prendió de la cola. El toro giró para intentar cornarlo, pero Torcuato se aferró bien al rabo y giró junto con él. Pascual logró incorporarse y afianzó su lazo a un tronco. Ramón hizo lo mismo.

Cansado, el toro dejó de luchar y por fin se estuvo quieto. Torcuato lo soltó de la cola y se alejó lo más posible. Arribaron Jacinto y Macedonio, y entre todos volcaron al animal para amarrarlo de las patas.

—Pinche toro parecía el mismito diablo —comentó Pascual al tiempo que se escupía en las heridas que sobre la palma de las manos le había provocado el roce de la cuerda en su jaloneo con el animal.

—No les dije que era bien canijo —rió Jacinto.

Tumbado a unos metros de ellos, el toro bufó jadeante y sacudió la cabeza tratando de levantarse.

—Pensé que lo podíamos arrear hasta los corrales —continuó Jacinto—, pero se me hace que aquí mismo le doy matarile.

—Y qué ¿nos lo vamos a llevar cargando? —inquirió Macedonio.

—No hombre, lo destazo y luego vengo con las mulas a recoger la carne —contestó Jacinto. Colocó el morral sobre sus piernas y agregó:

—Ahora sí Ramón, te voy a enseñar cómo matar al Gitano.

De la bolsa extrajo un picahielo y una chaira de afilar. Limó tres o cuatro veces la punta y se raspó la uña del pulgar derecho para comprobar su filo.

—Listo —dijo.

Caminó hasta donde se encontraba echado el toro. Palpó entre las costillas y cerca del codillo marcó con el dedo índice un punto imaginario.

—Aquí está el corazón —señaló.

El toro, anticipando peligro, soltó un bramido ronco y lastimero que retumbó en las paredes de la cañada. Una vena larga y gruesa se hinchó sobre su cuello y el pelambre de su espinazo vibró con pequeños temblores.

Jacinto blandió el picahielo con la mano derecha y con la izquierda restiró los pliegues de la piel.

—Hay que picar así —dijo y con un movimiento vertiginoso clavó el punzón hasta la empuñadura. El toro mugió levemente y desorbitó los ojos. Jacinto removió varias veces el picahielo dentro del animal y lo sacó gradualmente. De inmediato un chisguete de sangre saltó de la herida.

Ramón —atónito ante la ejecución— no tuvo tiempo de echarse para atrás y vio cómo se le salpicaban de rojo los zapatos. Se mareó: imaginó a Adela desangrándose así.

—Tiene un hoyo en el mero corazón —explicó Jacinto—, no tarda en vaciarse.

El toro los miró ansioso mientras se apagaba el brillo de sus ojos. Así —inmóvil y agónico— parecía una res mansa, muy distinta a la bestia furiosa que tanta pelea había brindado unos minutos antes.

El surtidor de sangre subió y descendió intermitentemente al compás de cada latido del corazón, hasta que se convirtió en un flujo discontinuo. El toro resopló expulsando un coágulo por la nariz. Las venas de su cuello se dilataron hasta desvanecerse. De pronto estiró la cabeza y las patas traseras y las dejó caer pesadamente.

Jacinto contempló los últimos estertores del animal y sin volverse a mirar a Ramón le dijo:

—¿Entendiste?

Ramón —que imaginaba a Adela muriendo igual— contestó, sin pensarlo, que no.

—Mira —continuó Jacinto—, si un toro de este tamaño palmó así de fácil, imagínate lo rápido que puedes desinflar al Gitano.

A Torcuato, que sabía lo difícil que era lidiar con chivos y becerros para sacrificarlos, el procedimiento le pareció una maravilla. Ya no tendría que buscarle la yugular a los chivos para degollarlos, ni encontrarle la unión de las cervicales a los becerros para desnucarlos a hachazos. Ahora bastaba con un picotazo limpio y certero.

Macedonio también mostró su entusiasmo:

—El Gitano no va a saber ni de qué se murió —dijo convencido de que el picahielo era el arma idónea para la venganza: corta, letal.

Poco a poco Ramón se olvidó de Adela y se concentró en las explicaciones de Jacinto.

—El chiste —agregó el matancero— es que tires duro para que si pegas con hueso la punta se resbale y se vaya hasta adentro. Para eso debes tenerla bien afilada.

Jacinto se colocó junto a Ramón y escondió el picahielo en el interior de la manga de su camisa.

—Tienes que guardártelo aquí —dijo señalando su antebrazo izquierdo—, para que el Gitano no te lo vea y cuando lo tengas a modo lo sacas con la otra mano y se lo hundes abajo del sobaco.

Le ofreció el picahielo a Ramón y le dijo:

—A ver, hazlo tú.

Ramón lo cogió por el mango y ensayó dos o tres veces el ataque esbozado por Jacinto.

—Ahora trata con la res —sugirió Pascual.

Ramón volteó y vio la enorme masa yerta junto a él.

—¿Para qué? —preguntó.

—Para que agarres maña —acotó Jacinto.

Sujetaron al toro por los cuernos y lo colgaron de la rama de un ébano.

—Tírale a las costillas y atraviésale los huesos —ordenó Jacinto.

Pascual empujó el bulto y el cadáver quedó balanceándose. Ramón descargó un puntazo, pero el picahielo apenas se encajó.

—No, no, no —reconvino Jacinto—, tienes que dejar ir todo el brazo. Te voy a mostrar.

Se puso Jacinto junto al toro y Pascual lo columpió de nuevo. El matancero se agazapó y al primer bandazo del cadáver acometió con violencia, clavando el punzón hasta el mango.

—Tienes que entrar con huevos porque así como lo estás haciendo el Gitano va a sentir puras cosquillas.

Intentó Ramón en cuatro ocasiones hasta que en la quinta logró insertar el fierro completo dentro de la carne amoratada. Para demostrar que había dominado la técnica, lo hizo otras tres veces.

Jacinto palmoteó el lomo de la res y le reiteró a Ramón que atacara al Gitano bajo la axila, a la altura de la tetilla izquierda.

—Y una vez que claves la punta, se la mueves para todos lados para que le desgarres los entres —sentenció.

A Macedonio lo desconcertaron las maneras apacibles, seguras y hasta paternales, con las cuales Jacinto instruía a Ramón.

—Oye Jacinto ¿a cuántos pelados te has echado? —le preguntó.

Sin ofenderse Jacinto contestó:

—Yo a ninguno, pero el que me enseñó a sacrificar así a las reses había picado por lo menos a diez cabrones.

Ninguno le creyó y ya no se dijo más sobre el asunto.

Abrieron el toro en canal y le vaciaron las entrañas. Jacinto recogió las vísceras comestibles: el hígado, el bofe, la panza, los machos, los riñones y los guardó en bolsas de plástico. En una bolsa aparte puso el cuajo y las criadillas. Les mostró a todos el corazón traspasado con seis aguijonazos y se lo entregó a Ramón.

—Tienes buen tino —le dijo—, llévatelo de recuerdo.

Desollaron el cadáver y lo cubrieron con ramas espinosas de huizache para que no se lo comieran los coyotes. Jacinto saló el cuero, lo enrolló y lo ató con un mecate.

—Te regalo la zalea si me prestas la carreta de tu abuelo —le propuso a Pascual. Quedaron en regresar por la noche a recoger la res.

Retornaron al pueblo antes de oscurecer. Durante el trayecto Ramón se llevó varias veces la mano al pantalón. Deseaba constatar si aún seguía en su bolsillo el retrato de Adela en blanco y negro y a tres cuartos de perfil.

4

El Gitano llegó al Abra y se detuvo a comprar una gruesa de naranjas. No había comido más que el plato de frijoles de la mañana. Se sentó en el cofre de la camioneta, peló una naranja con los dientes, le chupó el jugo a los gajos y escupió el bagazo. Con una jerga húmeda limpió las manchas amarilloverdosas que decenas de libélulas habían dejado sobre el cristal al estrellarse contra el parabrisas. Comió otra naranja y acomodó el resto dentro de una hielera.

Dejó el Abra y tomó la carretera federal a Ciudad Mante con miras a encontrarse con Carmelo Lozano. En el camino recordó a un marinero griego que había conocido en su adolescencia. Era capitán de un barco mercante con bandera liberiana que en su ruta de cabotaje atracaba en los puertos de Colón, Progreso, Coatzacoalcos, Veracruz, Tampico y Brownsville. Le decían el «Rojo Papadimitru», no por el color de su pelo —que a sus cuarenta años lo tenía completamente cano—, sino por ser un exaltado partidario del comunismo.

Hablaba correctamente el español, con un acento entre extranjero y costeño. Sólo recurría a su lengua natal cuando al enfurecerse exclamaba «¡star gidia!». Era famoso en Tampico, entre otras muchas cosas, por ejercitarse recorriendo en bicicleta la cubierta de su barco. El Gitano lo conoció en un garito de muelle donde se apostaba fuerte a la baraja española. El «Rojo» rara vez iba a ahí a jugar y más bien se dedicaba a beber algunas copas con sus amigos. Tenía gran facilidad de palabra y le gustaba elaborar extravagantes teorías sobre lo cotidiano. Varios lo rondaban, entre ellos el Gitano, sólo para escucharlo.

En una de tantas noches, el «Rojo Papadimitru» dijo una frase que al Gitano se le quedó vivamente grabada. «Hay mujeres —explicó el marinero— que son cuerpos y otras que son personas». Alguien le hizo saber que tal distinción era pueril: que de un modo u otro toda mujer era a la vez cuerpo y persona. Bajo los matizados efectos de una botella de whisky, el «Rojo» aclaró: «Miren, hay mujeres con las que uno se acuesta y ¡zas! se acabó, pasan como si nada, se olvidan a la mañana siguiente. A esas las llamo yo mujeres cuerpo. En cambio hay otras con las que te puedes acostar toda la vida y jamás terminas de hacerles el amor. Son cajas de sorpresas cada minuto de su vida. Esas son las mujeres personas. A una se les desecha y usha-usha no se quiere saber más de ellas. Pero las otras se te quedan dentro por más que desees sacártelas de la cabeza».

Las afirmaciones del «Rojo» causaron rechiflas, aplausos y mentadas de madre. Lo acusaron de macho, payo, farol, cabrón. Al «Rojo» poco le importó el birimbaque que había iniciado y continuó elaborando conjeturas.

El Gitano quedó tan impresionado por las ideas del «Rojo» que no dejó de darles vuelta durante toda la noche. Se preguntó si también para las mujeres había hombres cuerpo y hombres persona, y qué sucedía si un hombre cuerpo se topaba con una mujer cuerpo, o un hombre persona con una mujer cuerpo y viceversa.

Al día siguiente quiso alardear ante sus compañeros de escuela presentando como suya la teoría que le había escuchado al «Rojo». No previó que lo expuesto podía revertirse en su contra, sino hasta que uno de sus condiscípulos le dijo:

—Entonces tu mamá es de esas que llamas mujeres cuerpo, porque hasta donde yo sé tu papá se la cogió nomás de oquis y la dejó botada contigo de encargo . . .

El Gitano palideció de furia mientras los demás se burlaban de él. Quiso golpear al que lo había ofendido, pero este —en lugar de enfrentarlo— corrió por todo el patio del colegio voceando: «vengan a ver al hijo de la

mujer cuerpo, vengan a verlo . . . » El Gitano, avergonzado, abandonó la primaria y no volvió más.

Tampoco regresó al garito y abominó por siempre
al «Rojo». Se alegró cuando años después supo que lo
habían encontrado muerto con un pedazo de botella de
tequila incrustado en el estómago. Se lo había clavado una
puta de puerto: una mujer cuerpo.

No volvió a acordarse del «Rojo» y sus teorías sino
hasta ese martes por la tarde en que —conduciendo por
la carretera a Ciudad Mante— se percató de que por más
de que le hiciera el amor a Gabriela no terminaría por ha-
cérselo nunca. Podía besarla de pies a cabeza y no saci-
arse, lamerle cada centímetro de su piel y encontrarle a
cada uno un sabor distinto. Creyó entonces comprender
al capitán griego. Lo del «Rojo» no había sido una mera
faramallada de macho, sino la torpe reflexión de un hombre que —evidentemente enamorado— buscaba la forma
de distinguir a la mujer amada de las demás.

5

Arribó a Mante y cruzó la ciudad de punta a punta hasta
desembocar a la salida a Ciudad Victoria. En la última
casa, casi sobre la carretera, se hallaba ubicado el cuartel
de la policía rural.

Tocó a la puerta y le abrió un policía somnoliento,
con la camisola desfajada y tufo a cerveza.

—Quiubo Gitano ¿qué hay? Pásale, el comandante
está en la recámara.

Mensualmente iba el Gitano al cuartel a cubrir su cuota. Era bien reputado en la corporación como contrabandista pagador y, fuera de sus frecuentes líos con mujeres casadas, un tipo ajeno a pleitos y problemas. En uno de los cuartos halló a Carmelo Lozano jugando dominó con tres de sus subalternos. Junto a su silla se encontraban varios cascos vacíos de cervezas de diferentes marcas y sobre la mesa una botella de aguardiente de caña y un plato con restos de quesadillas. Un foco pelón —pringado de mierda de moscas— alumbraba el sitio. Lozano, sin camisa y con un trapo rojo humedecido sobre los hombros, invitó al Gitano a sentarse junto a él.

—Espérame tantito —le dijo—, nomás le ahorco la mula de seises aquí al compañero y te atiendo.

Siguió la partida de dominó. El Gitano observó dos venadas muertas colgadas de un travesaño en el tras patio.

—Se las consignamos a unos cazadores —aclaró Lozano—. Mañana vamos a organizar una barbacoa ¿no gustas?

—No, tengo cosas que hacer —contestó el Gitano y fijó su mirada en las fichas del capitán. Lozano volteó una hacia arriba y la dejó girando sobre la mesa.

—Con esta me voy —dijo.

Así fue. Uno de los jugadores colocó una mula de cuatros y el capitán soltó su última ficha: un cuatro-dos.

Lozano se levantó de la mesa y se estiró hasta tocar el techo con las manos.

—Hagan la sopa —ordenó— mientras aquí yo veo qué quiere el compa.

Dio un trago al aguardiente y se le ofreció al Gitano.

—¿Qué te trae por acá? —le preguntó.

—La vida comandante.

Lozano sonrió.

—¿Y qué otra cosa además de la vida?

—Tengo unos negocios pendientes en Loma Grande y me dijeron que había borlote . . . ¿qué razón me da?

—Mataron a una muchacha . . .

—Sí, lo supe —interrumpió el Gitano.

Lozano continuó sin suspender la frase.

— . . . y hay un buen de alboroto en el pueblo.

—¿Qué tanto?

—Lo suficiente para que te partan la madre si se te ocurre ir por allá.

—¿Por qué a mí, si yo no tengo vela en el entierro?

Carmelo volvió a estirarse y se dejó caer pesadamente sobre la silla.

—Vibraciones compita, vibraciones.

Inició otra partida.

—¿Y qué negocios tienes pendientes? —inquirió Lozano.

—Voy a cobrar unas deudas.

—Cóbralas después.

—Quedaron en pagármelas mañana.

Lozano recogió siete fichas, las enderezó y ordenó por números.

—Mira nomás qué pinche juego compita —dijo mostrándole su repertorio al Gitano. Alzó su cabeza y miró a su compañero— ¿quién abre tú o yo?

Abrió el otro con una mula de tres.

—A mí se me hace que lo que traes es una movida con una vieja de allá y ya te anda la calentura.

—Algo hay de eso, pero más bien voy a lo de la cobrada.

—¿Quieres un consejo compita? No te metas al pueblo . . . deveras, la gente está emputada.

—Si nada más quiero ir a que me paguen. Voy y vengo el mismo día.

Lozano hizo un gesto de desaprobación y golpeó la mesa con una ficha.

—Paso —dijo.

Siguió la mano y el comandante volvió a pasar.

—Carajo, fíjate de dónde cojeo —le reprochó a su pareja de juego.

Nervioso, el subalterno contestó:

—A la próxima, a la próxima.

Lozano se limpió el sudor de la cara con el trapo que llevaba sobre los hombros y le pegó de nuevo un sorbo a la botella de aguardiente.

—Está bien Gitano, has lo que quieras . . . sólo que después no vengas a chillarme.

Terminó la partida perdiendo la dupla de Lozano por veinticinco puntos.

—Chingados —dijo Carmelo y se puso a revolver las fichas.

El Gitano se frotó las manos en el pantalón, excitado.

—Oiga comandante ¿no me podría prestar una pistola? No vaya a ser la de malas que alguien en el pueblo se ponga loco—dijo pensando en Pedro Salgado.

—No hombre —exclamó de inmediato Lozano—, ya parece. Además, ¿para qué la quieres, qué no dicen por ahí que tienes doble pellejo?

—Pues sí, pero hasta los gatos se les acaban las nueve vidas.

El capitán se volvió hacia el Gitano y lo miró fijamente.

—¿Por qué el miedo compita? No que no tienes vela en el entierro.

—Y no dice usted que la cosa en Loma Grande está muy bronca —respondió el Gitano con aplomo— si nada más quiero la pistola por precaución.

A Lozano pareció agradarle la respuesta, porque cambió el tono de su voz.

—No te la presto —dijo y antes de que el Gitano respingara, agregó— te la vendo.

—¿En cuánto? —preguntó el Gitano sin ocultar su contento.

Lozano miró a los tres subalternos con los cuales jugaba dominó y —como si tuviera trato con ellos— contestó:

—En dos millones y medio.

—¿Qué pasó capitán? Si con eso me compro una retrocarga.

—Pues es lo que pido ¿la quieres o no?

El Gitano metió la mano en el bolsillo de su pantalón y palpó los dos millones de pesos que había ganado con la venta de las grabadoras.

—Le doy uno y medio.

Lozano cogió sus siete fichas respectivas y sin dejar de mirarlas contestó al ofrecimiento:

—Ni tú, ni yo . . . dame dos doscientos.

—Uno setecientos.

—Uno novecientos y ahí muere.

—Sale.

Extrajo el Gitano los billetes, los contó y los puso sobre la mesa.

—Aquí están.

Calmadamente, el capitán los tomó y sin revisarlos los guardó en su camisola.

Comenzó una partida y terminó. Siguió otra y otra y Lozano no se movió de su lugar. Impaciente el Gitano le reclamó:

—¿Y la pistola?

Fingiendo sorpresa el capitán contestó:

—¿Cuál pistola?

El Gitano se lamentó contrariado.

—No la friegue comandante . . . no se haga . . .

—Me cae de madres compita que no sé de qué me hablas —dijo Lozano y miró interrogante a sus hombres— ¿ustedes saben de qué trata aquí nuestro amigo?

Los tres policías negaron con la cabeza, sonriendo discretamente.

—Ya ves ¿no sabemos qué pistola reclamas?

El Gitano sabía que cuando Lozano se ponía en ese plan era imposible discutir con él.

—¿De plano me va a transar?

Carmelo Lozano colocó una ficha en el centro de la mesa.

—Salgo con mula de cincos —dijo y se refrescó de nuevo el rostro con el trapo húmedo. Al terminar palmeó al Gitano en la rodilla.

—No entiendas mal las cosas compa, no te estoy transando, lo que hago es ayudarte.

—Chingándome la lana ¿no?

—No —subrayó el capitán— porque el dinero que me diste te lo abono como adelanto de tus cuotas ... y ahora lárgate porque me distraes y luego pierdo.

El Gitano quiso protestar pero Lozano lo paró en seco.

—Órale, para fuera, porque si no te me vas en este mismo momento te invento cargos y te encierro.

Ya no se obstinó el Gitano y se marchó del cuartel enfurecido: con una mano en la cintura el comandante le había despelucado casi dos millones de pesos.

Cruzó de nuevo la ciudad y se dirigió al otro extremo —a la carretera hacia Tampico—, y se estacionó en una brecha contigua. Entró en el camper, tendió la colchoneta en el piso, arregló un par de sábanas y se dispuso a dormir. Estaba decidido: hubiera o no bronca en Loma Grande, cargara o no con pistola, al día siguiente iría por Gabriela.

CAPÍTULO XV

Una noche antes

I

—El Gitano está en Los Aztecas.

La noticia llegó al pueblo de boca de Guzmaro Collazos, quien apenas arribaba en el autobús que hacía parada en Loma Grande los martes en la tarde y cuya ruta cubría El Abra-El Triunfo-Plan de Ayala-Niños Héroes-Los Aztecas-Ejido Madero-Díaz Ordaz-Canoas-Graciano Sánchez-Ejido Pastores-Loma Grande-Santa Ana-El Dieciocho-López Mateos-Ciudad Mante.

—¿Cómo sabes? —inquirió Amador Cendejas.

—Vi su camioneta enfrente de la posada —contestó Guzmaro mientras trataba de reanimar a uno de los guajolotes con los que había viajado y que se sofocó aplastado por dos sacos de azúcar.

Marcelino —todavía caliente por su discusión con Justino Téllez— le espetó:

—Y rajaste verdad.

—Vuelve la burra al trigo —susurró Justino para que sólo lo escucharan los que lo rodeaban.

Guzmaro dejó de soplarle en el pico al guajolote desfalleciente y engallado respondió:

—No me vengas con esas Huitrón, que no soy joto para andar de chismoso.

—Pues eres el único que saliste del pueblo después de que supimos que el Gitano había matado a la muchacha.

Era verdad: esa mañana Guzmaro había ido a Niños Héroes en bicicleta a comprar las aves. Dejó la bicicleta a un primo que ahí vivía y regresó en el autobús para no tener que cargar con el guajoloterío.

—Pues deja decirte Marcelino que al Gitano ni siquiera lo miré, sólo vi de refilón su camioneta.

—Habrá que ver . . . habrá que ver —masculló Marcelino.

Ya no respondió Guzmaro a la provocación: el guajolote había sucumbido entre sus manos y ya no hallaba qué hacer con él.

El saber que el Gitano no se encontraba lejos de Loma Grande azuzó a la mayoría y despertó una avidez general por darle muerte. Sotelo Villa propuso que todos fueran a Los Aztecas a lincharlo, pero Justino Téllez lo calmó:

—Ese pleito no nos toca —dijo—, es bronca de Ramón.

Al volver Ramón de matar al toro los hombres lo aguardaban expectantes. Querían saber cómo respondía al hecho de que el Gitano se hallara tan sólo a unos kilómetros de distancia. Lo presionaron de diversas maneras. Algunos obligándolo a reiterar su compromiso de venganza. Otros —los más agresivos, entre ellos Marcelino Huitrón y Sotelo Villa— urgiéndolo a ir esa misma noche a Los Aztecas a buscar desquite. Ofuscado, Ramón no logró dar respuesta a los que lo abrumaban. Jacinto Cruz lo ayudó a capotearlos.

—El buen cazador —dijo con mesura— deja que el tigre llegue, no lo anda buscando.

El dicho prendió a Marcelino Huitrón.

—¿Y qué tal si no llega? —preguntó altanero.

Sin permitir que Jacinto respondiera, Justino Téllez interrumpió:

—¿Cuántas veces te tengo que decir Marcelino que el Gitano va a volver? —dijo irritado.

Belicoso, Marcelino fue a enfrentársele.

—¿Y cuántas veces te tengo que preguntar que cómo sabes tú eso?

Justino se levantó de su silla, dejó sobre la mesa de lámina la botella de la cerveza que había tomado y giró hacia Marcelino.

—Porque el que nada debe nada teme —contestó y sin dar más explicaciones dio media vuelta y se marchó.

Los demás quedaron confundidos. Sólo Ranulfo Quirarte comprendió cabalmente al delegado. Sin duda Justino sabía de la inocencia del Gitano y así como él, otros más podían saberla. Ranulfo se percató de lo frágil de su mentira y tuvo miedo. Si Ramón no mataba al Gitano —que era lo más probable— el Gitano averiguaría el nombre de quien lo había inculpado en el crimen y lo buscaría para cobrarle la injuria. Ya no podía echarse para atrás y desdecirse de la farsa que había armado. De algún modo tenía que actuar para que se cumpliera el sacrificio del Gitano: era su única salvación.

Nervioso se deslizó entre el gentío y fue a su casa a encerrarse y, a esperar.

Anocheció. Los hombres se retiraron y sólo unos cuantos quedaron en la tienda. En el ambiente flotó la certidumbre de que los acontecimientos reventarían de un momento a otro.

Jacinto era de quienes tenían esa seguridad. Jaló a Ramón a un sitio aparte.

—Tienes que estar al tiro —le dijo—, porque no tarda el Gitano en dejarse venir.

Sacó el picahielo del morral y lo afiló varias veces.

—Listo —dijo y se lo entregó a Ramón, que lo recibió con cierto resquemor.

—No lo pienses —añadió Jacinto—, mátalo sin pensarlo.

Ramón contempló la punta filosa brillando sobre la palma de su mano. Ya no tenía tiempo para ensayar las falsas arremetidas contra el costillar de una res muerta, ni para más bla-bla-blá. El acecho, el de verdad, comenzaba.

Capítulo final

Despertó poco antes del amanecer por el ruidazal de los zanates que chillaban sobre las ramas del manzano bajo el cual había estacionado la camioneta. A pesar del coraje que guardaba contra Carmelo Lozano por el dinero que le había birlado y de la inquietud de saber que en unas horas más sentiría de nuevo en sus manos el cuerpo de Gabriela Bautista, durmió tranquilo. Ni siquiera el calor atosigante que se había encerrado en el interior de la caseta le perturbó el sueño.

El Gitano abrió la portezuela y todos los pájaros emprendieron el vuelo. Sacó la cabeza para aspirar el aire fresco de la mañana: olía a caña quemada. Se sentó sobre una hielera y se calzó unos tenis. Salió de la caseta y miró el Cerro del Bernal delineado entre las sombras del horizontes. Pronto cruzaría por ahí.

Prendió la estufa portátil y puso a calentar agua para café. No le corría prisa. Le convenía esperar a que el marido de la Bautista saliera rumbo a las plantaciones del Salado. Con llegar a Loma Grande a las ocho aseguraba tener lejos a su rival.

Preparó el café con cinco cucharadas de azúcar y una

de leche en polvo. De niño su madre así se lo daba. Insistía en que el dulce le brindaba más energía y lo ayudaba a crecer más rápido.

Terminó el café y chupó los gajos de dos naranjas. Enjuagó la taza sucia y vació en un frasco la gasolina blanca que sobró en el depósito de la estufa portátil. Un coyote pasó trotando frente a él. Se miraron unos instantes y el coyote, sin dar muestras de temor o alarma, prosiguió su camino.

Encendió la radio. En la estación de Tampico trasmitían el programa «Buenos Días Rancheros». Dos locutores adormilados, semejando tener un diálogo chispeante y ameno, comentaban las cartas que recibían de sus «amabilísimos radioescuchas». Después de leer cada una y ponderar los «inigualables beneficios que brindan los productos agropecuarios Bayer», señalaban la hora exacta.

Cuando el Gitano escuchó que Bayticol era el mejor remedio contra las garrapatas y que eran las siete de la mañana con dieciséis minutos, decidió partir. Guardó la estufa en su estuche, enrolló la colchoneta, dobló las sábanas y sacó una naranja de la hielera para comerla en el trayecto. Arrancó el motor y dejó que se calentara. Viró el volante, echó en reversa la camioneta y tomó la carretera hacia Tampico. En cuarenta minutos más llegaría a su destino.

2

El primero que lo vio venir fue Pascual Ortega. Distinguió su camioneta a lo lejos, sobre la pendiente de la brecha al Dieciocho. Puso atención en el pequeño punto negro que se desplazaba por el camino y al corroborar de quién se trataba dejó la yunta y los caballos con los cuales barbechaba el terreno y salió corriendo hacia el pueblo.

Torcuato Garduño cargaba unos sacos de maíz sobre el lomo de una mula en el solar de su casa, cuando comenzó a escuchar voces. Subió al techo de la casa y divisó a Pascual brincando desesperado entre los surcos y gritando a todo pulmón:

—Ahí viene . . . ahí viene . . .

Torcuato levantó la vista y descubrió a la camioneta avanzando hacia el pueblo.

—Puta madre —exclamó.

Bajó descolgándose por las láminas, amarró la mula a un poste y aprisa se dirigió a los corrales de Jacinto Cruz.

Lo halló en el cobertizo junto con Macedonio, destazando el toro que habían sacrificado la tarde anterior.

—Ya llegó —exclamó gritando.

El carnicero terminó de rebanar un corte, puso la tira de carne encima de unos periódicos viejos y preguntó:

—¿Quién llegó?

Exasperado, Torcuato contestó:

—Carajo . . . pues el Gitano.

Jacinto se incorporó, cogió un pedazo de papel periódico y se limpió la sangre de las manos.

—¿Ya está aquí? —preguntó con calma.

—No, pero no tarda —respondió Torcuato impaciente.

Jacinto pensó unos segundos.

—Ve a avisar a Ramón, dile que esté listo, que el Gitano ya regresó y que yo se lo voy a llevar a la tienda.

Torcuato escuchó la indicación, saltó la valla de los corrales y salió disparado a dar la noticia.

—Y tú —continuó Jacinto dirigiéndose a Macedonio —júntate a los que encuentres y pónganse cerca de la tienda por si se pone feo este negocio.

Partió Macedonio rumbo a las parcelas para reunir a la gente. Jacinto envolvió las lonjas de carne y las metió en un costal de yute. Guardó en su funda el cuchillo destazador y lo colocó bajo su camisa. Decidió que la mejor manera de interceptar al Gitano era esperándolo afuera de la casa de Rutilio Buenaventura —a donde seguramente el Gitano llegaría primero— para de ahí invitarlo a tomar unas cervezas al estanquillo de Ramón.

Cruzó la tranca del solar y reparó en Pascual que entraba al pueblo vociferando:

—Ahí viene . . . ahí viene . . .

3

Justino Téllez dejó el vaso con leche sobre la mesa y empujó su cuerpo sobre el respaldo de la silla. Había escuchado los gritos de alerta de Pascual y la bulla que les había seguido. Ahora percibía el ronroneo de la camioneta del Gitano que se aproximaba.

Cerró los ojos. Muchas veces antes había oído ese estrépito peculiar que antecede a la muerte. El mismo estrépito que escuchó la mañana en que los tres hermanos Jiménez asesinaron a Nazario Duarte; el mismo estrépito de la noche en que Rogaciano Duarte incendió en venganza el jacal de Hipólito Jiménez, quemándolo hasta las cenizas junto con su mujer y sus dos hijas; el mismo estrépito de la tarde en que ocho policías judiciales le tendieron una emboscada a Adalberto Garibay, acribillándolo equivocadamente al confundirlo con un narcotraficante. El mismo estrépito: sonido de pasos en el polvo, voces, trajinar de hombres y un silencio ralo. Un estrépito que, al fin y al cabo, sólo se escucha por dentro.

Tomó el vaso y lo meneó con suavidad. Contempló como la leche se adhería a las paredes del vaso y resbalaba morosa. Podía ir en ese momento a la carretera y prevenir al Gitano del ataque inminente. Podía dirigirse a la tienda a esclarecerle a Ramón que el Gitano nada tenía que ver con el crimen, que a su noviecita —si es que en realidad Adela era su novia— la había apuñalado el mismo hombre con el cual se había acostado unos minutos antes de morir y que no valía la pena vengarla con sangre inocente. Podía desenmascarar frente a todos el juego secreto del verdadero asesino, quien muy probablemente estaría acicateando las circunstancias para propiciar el encuentro mortal entre Ramón y el Gitano. Podía callar de una vez el estrépito de la muerte que le taladraba los oídos. No lo hizo. Se limitó a mirar cómo la leche escurría por el cristal del vaso.

4

Se desnudó y vació varios vasos de agua sobre su cabello. Para refrescarse permitió que el agua se deslizara sobre su torso. Tenía que vencer otra mañana más de calor y polvo.

Encendió la radio de pilas y le subió al volumen. Se sentó sobre la cama y comenzó a cepillarse el pelo. Tarareó la cumbia que se escuchaba en el aparato. Terminó de peinarse. Se levantó de la cama y se miró en el espejo. Pequeñísimas arrugas, casi imperceptibles, circundaban sus ojos. Gabriela frunció el ceño con desencanto. Hacía tiempo su abuela le había dicho que las mujeres que empezaban a arrugarse eran como frutas que comenzaban a pudrirse. Era mentira: ella había empezado a pudrirse desde antes.

Dejó el espejo y se dirigió a la despensa. Tenía hambre. Pasó por la ventana y a través de la delgada tela de la cortina, pudo observar a Pascual Ortega que corría a lo lejos, frente a los salones de la escuela. Advirtió que iba gritando, pero no pudo oír lo que decía por el ruido de la radio. Le bajó al volumen y al regresar a asomarse ya no vio más a Pascual. Se quedó pensativa unos instantes. De pronto llegó a ella el rumor de un vehículo. Aguzó el oído: era aquel rumor inconfundible. Abrió la cortina sin importar que la pudieran ver desnuda desde la calle y sacó la cara tratando de descubrir de dónde provenía el ruido. Volteó hacia la derecha y su corazón tremolineó: doblando la esquina apareció la camioneta negra.

Gabriela feliz brincó hacia la cama y de debajo sacó la caja donde guardaba su ropa. Empezó a vestirse de prisa y de súbito se detuvo.

—Van a matarlo —exclamó en voz alta.

Se amarró una sábana y corrió a la entrada de la casa. Tenía que atajarlo, avisarle que querían asesinarlo, decirle que debían largarse juntos. Escuchó tres claxonazos: la

178

señal con la cual el Gitano le indicaba que en media hora la esperaba en el lugar acostumbrado. Con angustia destrabó el cerrojo y jaló la puerta. Vio con desesperación que el Gitano aceleraba. Semidesnuda trató de alcanzarlo y le gritó:

—¡Gitano! —y ya no pudo gritarle más porque Ranulfo Quirarte «La Amistad», recargado sobre uno de los postes de la alambrada, le preguntó si se le ofrecía algo.

5

Se detuvo frente a casa de Rutilio Buenaventura. Apagó el motor y se quedó con las manos sobre el volante. Todo le pareció en calma, no obstante más le valía andar con cautela: Carmelo Lozano no era dado a prevenir en balde. Bajó las ventanillas para que circulara el aire y no se calentara la cabina. Descendió de la camioneta y caminó hasta el falsete de acceso al terreno de Rutilio. Le silbó como siempre le silbaba para anunciarle su arribo. El ciego no respondió.

—Está dormido.

El Gitano se volvió rápidamente hacia la voz que había escuchado a sus espaldas y se topó con Jacinto Cruz que le sonreía amistoso.

—Vine a buscarlo yo también —añadió Jacinto—, pero no contesta . . . es más, ni siquiera ha sacado a las gallinas.

Dejarlas sueltas era lo primero que hacía Rutilio al despertar y aún se escuchaba su cacareo dentro de la casa.

Jacinto Cruz se quitó el sombrero y se limpió el sudor que le goteaba en la frente.

—Está canijo el sol . . . ya quema desde ahorita —dijo y continuó— ¿por qué no en lo que se levanta el viejo nos tomamos unas cervezas? Yo invito.

El Gitano rechazó el ofrecimiento.

—Mejor aquí espero.

Jacinto no cedió y palmeándole la espalda le dijo:

—Para qué te acaloras hombre, a veces Rutilio no se despierta sino hasta que dan las nueve o diez. Ándale, anímate, no tardamos.

No tenía el Gitano razones por las cuales recelar de Jacinto. Incluso, en sus anteriores visitas a Loma Grande se habían emborrachado juntos.

—Nomás deja asomarme tantito a ver si ya se despertó —dijo. Abrió el falsete y entró al solar.

Inquieto, Jacinto lo miró ir hacia la casa. Rutilio podría ponerlo sobre aviso y echar abajo el plan.

El Gitano escudriñó por la ventana y regresó.

—Se quedó dormido en la mecedora —señaló.

—Entonces ¿qué?

—Vamos pues.

6

Cuatro veces cogió el picahielo y cuatro veces lo soltó. Era ese un picahielo completamente distinto al que había empuñado la tarde anterior. Tenía otra forma, otra textura, otra proporción. Este era inasible, no se amoldaba en la mano.

Torcuato miró desesperado los inútiles esfuerzos de Ramón por esconder el picahielo dentro del puño izquierdo de su camisa.

—Apúrale —le gritó.

Ramón tomó de nuevo el picahielo. Trató de aquietar los dedos y no pudo. Volvió a dejarlo sobre el mostrador.

—No te rajes —bramó Torcuato.

No se rajaba, simplemente no hallaba cómo ocultar el arma entre los pliegues de la manga. No hallaba cómo detener el golpeteo del corazón sobre sus sienes, cómo aflojar los músculos engarrotados de su antebrazo. Torcuato le había llevado la noticia demasiado pronto. No podía prepararse para matar —o morir— tan intempestivamente. No, así no.

Torcuato trató de acomodar el picahielo dentro de la camisa de Ramón, pero lo hizo con tal brusquedad que el arma resbaló y rodó por el suelo.

De súbito Macedonio apareció por la puerta de la tienda y musitó:

—Ya vienen.

Ramón recogió el picahielo con la mano derecha y lo aferró con todas sus fuerzas. Ya no lo soltaría más.

Torcuato espió por un agujero en la pared y vio a Jacinto y al Gitano que se aproximaban.

—¿Ya le poncharon las llantas a la camioneta? —preguntó.

Macedonio asintió. Torcuato volvió a mirar por el agujero.

—Van por casa de Marcelino —exclamó. Ramón apretó la mandíbula y respiró hondo.

—No lo dejes ir vivo —le dijo Torcuato y se marchó con Macedonio a esconderse.

Ramón se colocó detrás del mostrador. Con un trapo cubrió el picahielo y lo sostuvo lo más abajo posible.

7

Fueron indicios leves, apenas perceptibles, los que alertaron al Gitano y lo hicieron intuir un ataque sorpresivo: miradas de mujeres que curiosas atisbaban su paso por las ventanas, hombres que subrepticiamente se escabullían por las esquinas y un silencio ralo, poco usual en el pueblo a esas horas de la mañana.

Sin alarmarse demasiado el Gitano se aprestó para afrontar cualquier acometida. Tensó su cuerpo y escrutó cuidadosamente rincón por rincón.

Llegaron a la tienda y de inmediato se apostó de espaldas a la barra del mostrador. Quería tener de frente la entrada para así vigilar cualquier movimiento extraño. No le importó tener detrás a Ramón: el tendero no le significaba peligro alguno.

Jacinto saludó con un escueto «buenos días» que Ramón no pudo corresponder: lo ahogaban las palabras. Trató de controlar la temblorina que lo sacudía de pies a cabeza.

Jacinto se dirigió al congelador, sacó dos botellas y las destapó. Vamos a tomar unas cervezas, le dijo a Ramón con una sonrisa cómplice. Se volvió hacia el Gitano y le entregó una cerveza. El Gitano la tomó con la mano izquierda: debía dejar libre la derecha para defenderse de cualquier agresión.

Jacinto bebió un trago y se recargó en la pared junto a la puerta. Atento, el Gitano lo siguió con la mirada.

Los hombres comenzaron a charlar. Ramón —aún detrás del mostrador— no lograba dominar sus nervios. A contraluz el Gitano le pareció más alto y más fuerte de como lo recordaba. Pensó que jamás podría matarlo.

Jacinto —ansioso por el aturdimiento del muchacho— terminó su cerveza y solicitó otra. Adivinó Ramón que esa era la clave para actuar. Rodeó el mostrador y caminó hacia la hielera. Pasó junto al Gitano y lo estremeció un escalofrío. El hombre se enderezó y dejó que el tendero cruzara frente a él.

Ramón se paró a un lado del congelador, justo a la izquierda del Gitano. El picahielo vibró entre sus dedos. Alzó los ojos y vislumbró el lugar donde debía encajarlo. Paulatinamente dejó caer el trapo. El picahielo quedó a la vista.

El Gitano —puesta su atención en vigilar la entrada— no advirtió que Ramón iba armado. Levantó su brazo izquierdo para beber un sorbo de cerveza. Ramón vio la mancha de sudor bajo la axila y sobre ella lanzó el estoconazo. Hincó el picahielo hasta el mango y lo sacó de un tirón.

El Gitano trastabilló dos pasos por el golpe y se agarró de un anaquel para no caer. Sintió una punzada caliente en el costado y se llevó la mano a la axila perforada. Pronto sus dedos se humedecieron. Levantó su mano empapada de rojo y la contempló con asombro, como dudando que la sangre brotara de sí mismo. Tentó de nuevo la herida y miró a Ramón.

—Hijo de puta —murmuró.

Blandió la botella de cerveza y furioso la estrelló contra la cubierta del mostrador. Asustado, Ramón se echó hacia atrás y empuñó la punta, listo para atacar. El Gitano meneó la cabeza. Jaló una bocanada de aire y, al hincharse su pecho, la sangre se esparció en círculo por la tela de la camisa. Ebrio de muerte caminó tres metros y tambaleante se detuvo en el umbral de la puerta. Miró afuera a un par de mujeres que lo observaban pasmadas.

—Ya no —dijo resollante. Boqueó de nuevo en busca de aire. Crispó los puños, hizo un gesto de dolor y se fue doblando poco a poco, como si se agachara a recoger una moneda en el piso, hasta que se desplomó pesadamente en la tierra seca de la calle.

Ramón se deslizó por la barra del mostrador y desde el interior de la tienda contempló al Gitano vomitar una última exhalación.

8

El cuerpo quedó tendido bocabajo, con la cara sudorosa aplastada en el polvo y los ojos abiertos mirando oblicuo. Jacinto se acercó al cadáver y le puso la palma de la mano frente a la nariz para ver si aún respiraba.

—¿Todavía está vivo? —le preguntó Torcuato que llegaba junto con Macedonio y Pascual a rodear el cuerpo.

—No —contestó lacónicamente Jacinto. Se incorporó y entró a la tienda. Encontró a Ramón tembloroso y desencajado.

—Tienes que largarte —ordenó.

Ramón lo miró con aprehensión.

—¿Adónde?

—A donde sea, pero pélate ya.

—¿Por qué?

No respondió Jacinto. Con su silencio comprendió Ramón que era inevitable su partida. Abrió una caja que tenía debajo del mostrador, cogió todo el dinero que ahí había y salió a la calle.

Contempló unos segundos el cadáver de su enemigo y echó a correr.

La viuda Castaños emergió nerviosa de la casa, luego de haber atisbado el asesinato por una grieta en la pared, y vio a su hijo perderse en la distancia.

9

Corrió y corrió por entre las veredas y se detuvo cuando sus piernas ya no dieron para más. Se sentó en una piedra a descansar. Se hallaba lejos de Loma Grande, mucho más allá de Ejido Pastores. Examinó el picahielo ensangrentado que aún llevaba prendido en su mano. Lo limpió con saliva, cuidando de que no quedara ningún vestigio de sangre y se lo guardó en la cintura.

La mañana le pareció vacía de las cosas de siempre: no era ya el mismo calor de todos los días, ni el mismo aire, ni el mismo chirriar de las chicharras. Algo lo había cambiado todo y lo había hecho diferente.

Tuvo sed y hambre. Le pareció un error no haber huido por el sendero que bordeaba el río Guayalejo. Ahí por lo menos tendría acceso al agua y podría robarse los langostinos de las trampas de cesta de los pescadores. Ahora el río quedaba a varios kilómetros.

Deambuló por el terreno pedregoso para hallar qué comer. Llegó a un sorgal y de una mata arrancó un racimo de semillas maduras. Las probó con la punta de la lengua para determinar si tenían o no fumigante: era la temporada en que las avionetas rociaban los cultivos de los ranchos particulares. Las semillas no le supieron amargas, lo cual indicaba que estaban limpias de insecticida, y devoró varios manojos.

Abandonó el sorgal, observó la posición del sol y se dirigió hacia el norte: pensó que lo más conveniente era ir a Kansas a buscar a su hermano.

Caminó unos minutos por la brecha y se paró de súbito. Se esculcó repetidamente los bolsillos en busca del retrato de Adela. En vano: no lo llevaba consigo. Tuvo deseos de regresar a Loma Grande, arriesgarse una vez más por ella. Le pareció una locura: al fin y al cabo ¿quién era Adela? Echó a andar hacia el norte. A los cuantos pasos volvió a detenerse: Adela lo era todo y no podía olvidarla, sencillamente no podía. Dio media vuelta y divisó a lo lejos el Cerro del Bernal. Empezó a caminar hacia el sur, cada vez más y más aprisa. Pronto tendría de nuevo a Adela, aunque fuera en una fotografía arrugada, a tres cuartos de perfil en blanco y negro.

Printed in the United States
By Bookmasters